李白集

【唐】李白 / 著
崔艺璇 / 编著

江苏凤凰文艺出版社
JIANGSU PHOENIX LITERATURE AND ART PUBLISHING

图书在版编目（CIP）数据

李白集 /（唐）李白著；崔艺璇编著 . -- 南京：江苏凤凰文艺出版社，2020.8

（中国诗词大家系列丛书）

ISBN 978-7-5594-5082-1

Ⅰ. ①李… Ⅱ. ①李… ②崔… Ⅲ. ①唐诗—诗集 Ⅳ. ① I222.742

中国版本图书馆 CIP 数据核字 (2020) 第 153705 号

李白集

[唐] 李白　著　　崔艺璇　编著

总 策 划　慧源通
总 编 辑　徐运全
责任编辑　王昕宁
特约编辑　陈长元
责任校对　张伟娜
装帧设计　李志雪
出版发行　江苏凤凰文艺出版社
　　　　　南京市中央路165号，邮编：210009
网　　址　http://www.jswenyi.com
印　　刷　嘉业印刷（天津）有限公司
开　　本　880×1230毫米　1/32
印　　张　8
字　　数　160千字
版　　次　2020年8月第1版
印　　次　2020年8月第1次印刷
书　　号　ISBN 978-7-5594-5082-1
定　　价　36.80元

前　言

李白（701 年 — 762 年），字太白，号青莲居士，又号“谪仙人”，唐代伟大的浪漫主义诗人，被后人誉为“诗仙”，与杜甫并称为“李杜”。为与李商隐、杜牧的合称“小李杜”区别开，杜甫与李白又合称为“大李杜”。关于李白的祖籍、家世和出生地，如今仍是未解之谜。今一般认为其祖籍是陇西成纪（今甘肃省秦安县），出生于西域碎叶城（今吉尔吉斯斯坦托克马克城），五岁才随父迁至剑南道绵州昌隆（今四川江油）青莲乡。

李白自幼聪慧，五岁便发蒙读书，少时曾隐居在大匡山（在今四川省江油市内），发奋读书十年，其间也往来于旁郡，先后出游江油、剑阁、梓州（州治在今四川省境内）等地，增长了不少阅历与见识。直到唐玄宗开元十三年（725 年），二十五岁的李白心怀“仗剑去国，辞亲远游”的“四方之志”，第一次出蜀，自此后再未回去过。大约在开元十九年（731 年），三十一岁的李白入长安，隐居终南山。开元二十三年（735 年），李白结识了贺知章，贺知章对李白是有知遇之恩的。唐玄宗天宝元年（742 年），玉真公主和贺知章向唐玄宗推荐了李白，李白供奉翰林。待诏翰林不到两年的时间，李白被“赐金还山”。待诏翰林是李白一生中最引以为荣的辉煌经历，放归山林后，他在仕途上再无起色，从而写下不少抒发个人怀才不遇的感慨诗篇。

除经历过安史之乱外，李白的一生都生活在盛唐时期。他性格豪迈，热爱祖国山河，游踪遍及南北各地，写出了大量赞美名山大川的壮丽诗篇。李白的诗歌不仅具有典型的浪漫主义精神，而且从形象塑造、素材摄取到体裁选择和各种艺术手法的运用，无不具有典型的浪漫主义艺术特征。

李白诗歌的语言，有的清新如同口语，有的豪放，不拘声律，近于散文，但都统一在“清水出芙蓉，天然去雕饰”的自然美之中。他的诗，既豪迈奔放，又清新飘逸，而且想象丰富，意境奇妙，语言轻快，创造了古代积极浪漫主义文学的最高峰，为唐诗的繁荣与发展打开了新局面。同时他的诗歌在批判继承前人传统的基础上，形成了自己独特的艺术风格，歌行体和七绝达到后人难及的高度，开创了中国古典诗歌的黄金时代，代表了唐代诗歌甚至代表了我国古典诗歌的最高水平。

李白晚年境遇凄凉，唐肃宗上元二年（761 年），李白因病返还金陵，由于生活窘迫，投奔到在当涂（今安徽省当涂县）做县令的族叔李阳冰处。上元三年（762 年）李白赋《临终歌》而与世长辞于当涂，存世诗文千余篇，有《李太白集》传世。

为满足广大读者对李白一生具有代表性作品的了解、阅读和鉴赏需求，我们精心编写了这本《李白集》。在编写体例上，集众家之长，益独家之见，辟“原文”“注释”“译文”“创作背景”“赏析”和“轶闻异物录”六个栏目，收录李白各个时期的作品，如《访戴天山道士不遇》《别匡山》《峨眉山月歌》《黄鹤楼送孟浩然之广陵》《蜀道难》《乌栖曲》《独坐敬亭山》等五十一首（篇），并附《李白大事记》。

本书秉承忠实于原著的思想，在“原文”“注释”“创作背景”中力求翔实，对有争议的原文、注解或创作年代，我们也在精心考证后作出综合分析、研判，给出较符合史实及作品内容的说法，同时附上争议者的观点，供读者参考；在“译文”“赏析”和“轶闻异物录”中，我们在力求翔实的基础上，给出编著者个人或集体的看法，且在赏析过程中，力求挖掘原著中的美学价值、艺术价值、思想价值，更力求客观地呈现给读者一篇艺术再创作的美文。

本书在编写过程中，参考了上海辞书出版社 2013 年出版的《唐诗鉴赏辞典》（新一版）。

由于编著者的能力所限，本书在编写过程中难免存在差错或遗漏，敬请广大读者批评指正。

鉴于部分作品的作者暂无法取得联系，请作者自行与本书发行单位联系，获取稿酬，万分感谢。

目 录

访戴天山[1]道士不遇[2]

犬吠水声中，桃花带露浓[3]。

树深[4]时[5]见鹿，溪午不闻钟。

野竹分青霭[6]（ǎi），飞泉挂碧峰。

无人知所去，愁倚两三松。

◎注释

①戴天山：又名大康山或大匡山，在今四川省江油市。李白早年曾在山中的大明寺读书。

②不遇：没有遇到。

③带露浓：挂满了露珠。

④树深：树林的深处。

⑤时：偶尔、有时。

⑥青霭：指青色的云气。

◎译文

犬吠声夹杂在淙淙流水声中，若隐若现，
繁盛的桃花上挂了几滴晶莹剔透的露珠。
野鹿群隐藏在密密的树丛深处时隐时现，
到达溪边已是中午，却听不到山寺钟声。
翠绿的野竹划破了笼罩着它的青色云雾，
白色的瀑布高高地挂上碧绿挺拔的山峰。
没有谁能够知晓道士究竟去了什么地方，
只好依着几颗苍翠的古松打发我的愁思。

◎创作背景

唐玄宗开元六年（718年），十八岁的李白隐居在大匡山（在今四川省江油市内）大明寺中读书，这首诗就作于此间。

◎赏析

这首写景诗通过写诗人上戴天山的所闻所见，描绘出一幅色彩鲜明的访问道士不遇图，生动形象地再现了道士所追求的世外桃源般优美的生活境界。

“犬吠水声中，桃花带露浓”，开头即描写诗人的所闻所见，展现出一派桃源景象，这是入山的第一程。“犬吠”与“水声”相应，是听觉所捕捉的美，反衬出山林的寂静；桃花经过晨露的滋润，愈显红色的娇艳欲滴，是视觉上的美。诗人缘溪而行，穿林进山，宜人景色，使人流连忘返，且让人联想到道士居住此中，如处世外桃源，超尘拔俗。寥寥数字，犬、水、桃花、露珠皆在句中，起联即是仙境。

“树深时见鹿，溪午不闻钟”，这是进山的第二程，极写山中之幽静，暗示了道士已经外出。诗人在林间小道上行进，渐渐走到深林绝壑之间。鹿性喜静，常在林木深处活动，“时见鹿”一词突出了深林的幽静。现在正值正午时分，本应听到道观的钟声却没有听到，唯有溪声清晰可闻，这里又是写听觉，借空间的描写点出时间的转换，使人感到一丝蹊跷，留下悬念。

“野竹分青霭，飞泉挂碧峰”，这是进山的第三程，描写了诗人的眼前景色。在徒劳的寻访与等待之余，诗人的目光从竹色和青色雾霭的相融相接，移到远处的飞瀑。这里，诗人用一个“分”字，将本来野竹与云气相接的静景化为动景，使人联想到随山风徐徐移动的云雾，不断从野竹梢头飘过的情景。又用一“挂”字，将一线泉水凌空飞泻的动景化为静景，描绘出一幅陡峭的山峰上，山泉垂直落下的图景。这两句诗既可以看出道观净土的淡泊与高洁，又可以体味李白造访不遇的失落与寂寥。诗情的发展，既出乎读者意料之外，又在诗歌情理之中。

“无人知所去，愁倚两三松”，描写道士不在山中，诗人惆怅的心理。这里是通过问讯的方式，从侧面写出“不遇”的事实。“愁倚两三松”描写了诗人在松树之间徘徊的情形，表达了诗人访道士不遇之焦躁不安的心绪和怅然若失的愁情，同时也侧面折射出诗人对道士的渴慕。诗的末尾用笔略带迂回，感情亦随势流转，久久不绝。

全诗词句平易自然，纯用白描，景美情深，它的构思并不复杂，写诗人的所闻所见，都是为了突出访道士不遇的主题；风格清丽，充满着年轻人的朝气与孜孜以求的探索精神。

◎轶闻异物录

大匡山

大匡山位于四川江油市大康镇西北，其山势如筐，距市区二十公里。山势险峻，林壑深邃，风景秀丽，背倚龙门山余脉诸峰，下临清澈明净的让水河，西有天然溶洞佛爷洞景区相邻。大匡山是李白少年读书的地方，贞观年间就修建了经堂、庙宇。883 年唐僖宗赐大明寺“中和大明寺”额，1888 年清光绪年间修建匡山书院，包括李白祠、太白楼、双桂堂和中和殿等建筑。如今，原来那些精美的建筑早已不见踪影，“匡山书院”石碑也被摆放到青莲镇去了。人们修建的新建筑不断完善，只有一块不锈钢匾牌上书“匡山寺”，挂在三清殿门上，室内供奉着上清、玉清、太清（即太上老君、通天教主、元始天尊）三尊泥塑像以及其他神灵。山门也是通常的弥勒佛开心地迎接着每一个人。山门前是一条水泥石砌的小径，顺着山势静静地藏在浓郁的树木中。寺庙附近修建了凉亭、拱桥、水池。

登峨眉山[1]

蜀国多仙山，峨眉邈[2]难匹。

周流[3]试登览，绝怪[4]安可悉?

青冥[5]倚天开，彩错疑画出。

泠然[6]紫霞赏，果得锦囊术[7]。

云间吟琼箫[8]，石上弄宝瑟[9]。

平生有微尚[10]，欢笑自此毕。

烟容[11]如在颜，尘累[12]忽相失。

倘逢骑羊子[13]，携手凌白日。

◎注释

①峨眉山：在今四川峨眉山市，是著名的风景区，有“峨眉天下秀”之称。

②邈：渺茫绵远。

③周流：周游。

④绝怪：绝色奇异。

⑤青冥：形容苍翠幽远。

⑥泠然：轻妙的样子。据《庄子·逍遥游》：夫列子御风而行，泠然善也。

⑦锦囊术：即成仙的法术。据《汉武内传》：汉武帝曾把西王母和上元夫人所传授的仙经放在紫锦囊中。

⑧琼箫：即玉箫，箫的美称。

⑨宝瑟：据《周礼乐器图》：雅瑟饰以宝玉者，曰宝瑟。

⑩微尚：指学道求仙的愿望。

⑪烟容：古时以仙人托身云烟，因而称仙人为烟容。这里是指脸上有烟霞。

⑫ 尘累：为尘世所烦扰。

⑬ 骑羊子：指仙人。据《列仙传》：葛由者，羌人也。周成王时，好刻木羊卖之。一旦骑羊而入西蜀，蜀中王侯贵人追之上绥山。山在峨眉山西南，高无极也。随之者不复还，皆得仙道。

◎译文

在巴蜀之国，到处是名山大川，更有许多的仙山，
但是这些仙山很难与渺茫绵远的峨眉山相提并论。
初次来到巍峨雄伟的峨眉山，想登临周游观览时，
哪里能够尽数领略到它那绝色奇异的风光景致呢?
苍翠的山峰展列于天际，色彩斑斓好像出自画中。
飘然登上顶峰观赏紫霞，好像得到修道成仙法术。
站在山顶的彩云间吹响玉箫，在峭壁上弹奏宝瑟。
修道学仙是我平生夙愿，甘愿就此了结世俗之乐。
此时此刻，我的脸上似乎已充满了云烟雾霞之气，
那些纷纷扰扰的凡尘人世的牵挂倏忽间杳无踪迹。
假如今天有幸遇上仙人，真想与他携手凌跨白日。

◎创作背景

这首诗当作于唐玄宗开元八年至开元九年(720 年—721 年)间。李白在其二十五岁之前，基本上在蜀地读书、游学、游历名山大川，曾经先后两次登上峨眉山，这首诗应是诗人登上峨眉山顶峰时，被其迷人的自然风光所吸引，而吟诗记录他的行迹和感受。

◎赏析

这首诗通过写登峨眉山时的感受，表达了作者对仙界的向往之情。

“蜀国多仙山，峨眉邈难匹。周流试登览，绝怪安可悉”，写未到峨眉山之前对峨眉山的向往，突出峨眉山在蜀中是名

胜之地，为下文登览游山埋下伏笔。“绝怪”体现出峨眉山岩壑幽深，群峰险怪，阴晴变化，景象万千。“安可悉”一词极言峨眉山深邃，林泉胜迹，难以尽觅。

“青冥倚天开，彩错疑画出”，具体描写峨眉山的奇光异彩。“彩”字是这句诗意要着重表达的，诗人将自己当时眼见的峨眉山之景展示在读者面前，其高峻磅礴、秀丽无俦，让人感到登上峨眉山，仿佛置身于一幅鲜艳的图画之中。

“泠然紫霞赏，果得锦囊术”，进一步写登山以后的感受。峨眉山之雄奇无匹，令人有遁入仙境之感，于是有飘然出世之思。

“云间吟琼箫，石上弄宝瑟”，描述在山光掩映、云霞飘拂的景象下面，弄琼箫于云霄，弹宝瑟于石上。这样一种怡情于物外的精神，为世人所钦羡。

“平生有微尚，欢笑自此毕”，说明诗人早已绝情名利，不慕人间繁华。在漫游峨眉，饱览山光之际，快慰平生，欢情已偿。

“烟容如在颜，尘累忽相失”，这是诗人的想象。云烟万态，晴光霞影，呈于眉睫之前，大略指峨眉山顶的“佛光奇景”。在晴光的折射之下，人影呈现于云影光环之间，不禁有羽化登仙之感，尘世百虑因而涤尽。

“倘逢骑羊子，携手凌白日”，以诗人美好的憧憬结束，表达出一种物我两忘的感受。“骑羊子”指峨眉山传说中的仙人葛由，传说他骑着自己刻的木羊入山成仙。李白素来被当作浪漫主义的先驱，以其绝尘的想象力为世人提供一方精神幽居之所，对诗境的幻化功力由此可见一斑。

这首诗写寻仙访道，虽然是受时代环境的影响，但更多地反映了诗人追求纯真至善至美生活，反对虚伪丑恶的理想。

◎轶闻异物录

仙山与诗仙

中唐的张祜是李白的“铁杆粉丝”，基于李白对峨眉山的一往情深和诗中无数次的提及，其《梦李白》云：“我爱李峨眉，梦寻寻不见。”径直把李白封为“李峨眉”，这确是名副其实的。李白峨眉两不厌。峨眉山为何有这么大的魅力，吸引了李白的关注？

首先是峨眉山的名气吸引了他。抛开传说不提，峨眉山见于史书很早，战国《尚书・禹贡》就有记载：“蔡蒙旅平，和夷底绩。”“蔡”即峨眉山。西汉王褒《益州记》载：“峨眉山在南安县界，当县南八十里，两山首相对，望之如娥眉。”其首见于正史是《三国志》所引的《汉晋春秋》，当时蜀汉刚亡，被迫降魏的姜维挑拨钟会：“今君大功既立，大德已著，何不法陶朱公泛舟绝迹，全功保身，登峨眉之岭，而从赤松游乎？”可见峨眉山早就是名山了。这些，“五岁诵六甲，十岁观百家，轩辕以来颇得闻矣”，而且同处蜀地的李白不会不知。

其次是壮美的风光吸引了李白，这是峨眉山名气的来源。“峨眉天下秀”，并不是虚吹的，东晋“书圣”王羲之《与谢安书》中就不吝称赞：“蜀中山水，如峨眉山，夏含霜雹，碑板之所闻，昆仑之伯仲也。”

仙山与诗仙，这是怎样的情缘啊！可以说，没有仙山峨眉的袅袅仙气，豪放浪漫的诗仙作品将会大失颜色。同样，没有诗仙李白的热情歌颂，秀甲天下的仙山也将会大大逊色。 是仙山成就诗仙，还是诗仙成就了仙山？或许都是。无论如何，诗仙李白成为一段遥不可及的传奇，“峨眉山月”成为文学史上永恒的典故，这一切既是历史的产物，又滋养着今天的人们。这是我们应该永远感怀的。

登锦城[①]散花楼[②]

日照锦城头，朝光散花楼。

金窗[③]夹绣户[④]，珠箔[⑤]悬银钩[⑥]。

飞梯[⑦]绿云中，极目[⑧]散我忧[⑨]。

暮雨向三峡，春江绕双流[⑩]。

今来一登望，如上九天游。

◎注释

① 锦城：成都的别称，又称锦里。据《华阳国志》："成都夷里桥南岸道西有城。故锦官也，命曰锦里。"

② 散花楼：一名锦楼，位于成都摩诃池上，是隋末蜀王杨秀所建。

③ 金窗：华丽的窗。

④ 绣户：雕饰华美、秀丽的门户。

⑤ 珠箔：即珠帘，由珍珠缀饰的帘子。

⑥ 银钩：玉制的钩子。银，一作"琼"。

⑦ 飞梯：即高梯，指通往高处的台阶。

⑧ 极目：远眺的意思。

⑨ 忧：一作"愁"。

⑩ 双流：县名，即今四川省成都市双流区。因在郫江与流江之间，得名双流，古属成都府。

◎译文

初升的太阳照耀着锦官城高高的城头，

清晨的霞光把散花楼浸染得光彩夺目。

散花楼华美的绮窗夹在锦绣的门户间，

熠熠生辉的珍珠帘子悬挂着银色玉钩。

登上绿荫覆盖的台阶像隐没在绿云中，

极目远望，我的忧伤都跑到九霄云外。
夜幕降临时，潇潇细雨飘向三峡两岸，
一江春水慢慢地环绕着美丽的双流城。
今天，我有幸来到这里得以登高望远，
好像身在九天之外的仙境中游历一遍。

◎创作背景

这首诗是诗人早期游成都时所作，作于唐玄宗开元八年至开元十年（720 年—722 年）间，其间，李白多次游历成都，具体创作时间待考证。

◎赏析

这首诗通过对登楼所见景物的描绘，抒发了诗人登楼的愉悦之情。

"日照锦城头，朝光散花楼"，点明时间、地点和登临之地。日照之时有朝光铺映，散花楼更是光彩夺目、金碧辉煌、富丽堂皇，开题尽显明媚。"锦""花"二字自带热闹气象，一城一楼，尽在眼中。

"金窗夹绣户，珠箔悬银钩"，运用对仗的修辞手法，细腻地描绘了散花楼的精美装饰，把在旭日临照下锦城散花楼的景象描绘得十分生动。这里可以视作近景或特写镜头，从窗、户、珠箔、银钩等细节入手，极尽所能描写楼的精美装饰，并对散花楼的光色进行渲染，在意境方面尤为突出。

"飞梯绿云中，极目散我忧"，用夸张的手法抒写登楼的感受。这是全诗仅有的不合格律的两句诗，如果去掉这两句，此诗就相当于一首五言律诗了。而这两句在诗中非常重要，可以说是"诗眼"。前句的意象构成一幅十分鲜明的画面，后句写出了诗人的快意之感，初步显示了诗人极端夸张笔法的感染力。这是一个登高望远的景象，楼接霄汉，气象雄伟，极目云天，心旷神怡，因而流连忘返。远近之景全然如画，让读者仿若画中观游。

“暮雨向三峡，春江绕双流”，正面描绘登高楼所见远近的景象，暗用“巫山云雨”的典故。暮雨、春江，依然点明时节，格调韵致隐然自现。

“今来一登望，如上九天游”，末两句用比喻的修辞描写了诗人的登楼之感，既叹楼之高，又赞景物之美。“如上九天游”再次抒发了登楼的愉悦之情。

全诗以时间为主轴展开描述，从朝光到暮雨，并且向四周扩散，东到长江三峡，南至双流县城，形象鲜明，意境飘逸。诗人并没有描写散花楼的建筑规模、营造特点、位置与布局等，却通过对金窗、绣户、珠箔、银钩、飞梯等器物的色、光、形、态的变化和辉映，显现出散花楼的高雅别致。综观全诗，多联想、多隐喻，少写诗之笔，以华丽言辞写所见景物，颇切合青年李白的身份。

◎轶闻异物录

巫山云雨

巫山云雨原指楚国神话传说中巫山神女兴云降雨之事。出自战国楚宋玉《高唐赋序》：“妾在巫山之阳，高丘之阻。旦为朝云，暮为行雨，朝朝暮暮，阳台之下。”

传说楚襄王和宋玉一起游览云梦之台的时候，宋玉说：“以前先王曾经游览此地，玩累了便睡着了。先王梦见一位美丽动人的女子，她说是巫山之女，愿意献出自己的枕头席子给楚王享用。楚王知道弦外有音，非常高兴，立即宠幸那位巫山美女，两相欢好。巫山女告诉怀王，她就住在巫山，早晨是‘朝云’，晚上是‘行雨’。”现常用“巫山云雨”形容男欢女爱，就是自此传下来的。

客中[①]作

兰陵[②]美酒郁金香[③]，玉椀[④]（wǎn）盛来琥珀[⑤]光。

但使[⑥]主人能醉客[⑦]，不知何处是他乡[⑧]。

◎注释

① 客中：指旅居他乡。

② 兰陵：地名，位于今山东省枣庄市。

③ 郁金香：一种香草，散发郁金的香气。古人用以浸酒，浸酒后呈金黄色。唐代诗人卢照邻所作的《长安古意》一诗，曾有“双燕双飞绕画梁，罗纬翠被郁金香”之句。

④ 玉椀：玉制的食具，也泛指精美的碗。三国魏嵇康《答难养生论》：“李少君识桓公玉椀。”椀，同“碗”。

⑤ 琥珀：一种树脂化石，呈黄色或赤褐色，色泽晶莹。这里用来形容酒的色泽如同琥珀。

⑥ 但使：只要用。

⑦ 醉客：让客人喝醉。醉：使动用法。

⑧ 他乡：异乡，家乡以外的地方。《乐府诗集·相和歌辞十三·饮马长城窟行》：“梦见在傍，忽觉在他乡。”

◎译文

兰陵美酒甘醇鲜美，仿佛有郁金的香气，芬芳四溢，

玉碗中盛满着美酒，透出琥珀般晶莹而迷人的色彩。

主人端出这般好的美酒，定能醉倒他乡远游的客人，

有这醉人的美酒可以享受，哪管身在故乡还是他乡。

◎创作背景

这首诗作于东鲁的兰陵，应在唐玄宗开元二十五年前后。开元二十五年（737 年）夏，三十七岁的李白初入长安遭受挫折后，携妻带子，告别白兆山，开始了一段新的人生旅程，辗转月余到达东

鲁（今山东兖州、济宁一带），投奔一个在任城当县令的远房叔父。同时，李白慕名裴旻的剑术，此时，裴将军在丁忧期中，闲居在东鲁。李白在另外一首诗作中说："五月梅始黄，蚕凋桑柘空。鲁人重织作，机杼鸣帘栊。顾余不及仕，学剑来山东。举鞭访前途，获笑汶上翁。……此去尔勿言，甘心如转蓬。"（见《五月东鲁行答汶上翁》）在东鲁任城李白与张叔明、孔巢父、韩准、裴政、陶沔会于徂徕山（在今山东省泰安县东南四十里）中，李白虽有经世济民之志，但对隐逸山林也很羡慕。在这优美的自然环境中，他纵酒高歌，啸傲山林，怀才自负，怡情自然。

◎赏析

这首诗虽题为"客中"作，却并未抒写离别之悲、他乡作客之愁，抒写的是诗人的另一种感受，通过赞美美酒的清醇、主人的热情，表现诗人豪迈洒脱的性情，同时也反映了盛唐时期社会的繁荣景象。

"兰陵美酒郁金香，玉椀盛来琥珀光"，首句点明诗人的作客之地，歌颂兰陵美酒。诗人将此地与美酒联系起来，便一扫令人沮丧的外乡异地凄楚情绪，而带有一种使人迷恋的感情色彩。第一句从酒的质量来赞美酒，用色如琥珀来形容郁金香浸制的兰陵之酒的颜色与光泽，是极为精巧的比喻。第二句进一步从酒器、酒的色彩烘托出酒的可爱。如此极力盛赞酒之美，色香光影一应俱全，体现了诗人愉悦兴奋之情。

"但使主人能醉客，不知何处是他乡"，紧承美酒，盛赞主人的殷勤好客，又点醒自己乃身在"客中"。这两句诗，可以说既在人意中，又出人意料。说在人意中，因为它符合前面描写和感情发展的自然趋向；说出人意料，是因为《客中作》这样一个似乎是要写客愁的题目，在李白笔下，完全是另一种表现。这样诗就显得特别耐人寻味。诗人并非没有意识到是在他乡，当然也并非丝毫不想念故乡。但是，这些都在兰陵美酒面前被冲淡了。一种流连忘返的情绪，一种乐于在客中、乐于在朋友面前尽情欢醉的情绪完全支配了他。由身在客中，发展到乐而不觉其为他乡，正是这首诗不同于一般羁旅之作的地方。

全诗语奇意也奇，人物形象潇洒飘逸，一反游子羁旅乡愁的古诗文传统，抒写了身虽为客却乐而不觉身在他乡的乐观情感，充分表现了李白豪放不羁的个性和李诗浪漫飘逸的特色，并从一个侧面反映出盛唐时期的繁荣景象。

◎轶闻异物录

兰　陵

兰陵，中国古代名邑。据传因附近土陵兰草繁茂、兰花芳香而得名。春秋时，鲁国在此设次室邑。战国时，楚国始设立兰陵县。前255年，著名思想家、教育家荀子应楚相春申君所邀任兰陵令近二十年，后居于兰陵著书立说，死后葬于兰陵。此后历代在兰陵设立郡县，北宋始置兰陵镇，属丞县（今枣庄市峄城区）。1947年，新置兰陵县，其治所在今台儿庄。中华人民共和国成立后，1953年，兰陵县撤销，兰陵并入苍山县，为十六区。1957年改区为乡。1959年改为人民公社，1984年置兰陵镇至今。

兰陵历史悠久，文化灿烂，名人辈出，其最著名的首推荀子。荀子，名况，时人尊而号为卿，战国时期思想家、教育家，其学术源于儒家而又有创新发展。法家学派代表韩非与秦朝开国丞相李斯“俱事荀卿”，从其“学帝王之术”；汉代学者刘向曾云“兰陵多善为学，盖以荀卿也”。在兰陵文化发展史上，荀子实开风气之先。汉兴，尊用儒术，贤良博士时有登进，而东海兰陵尤多以文学致身通显，著名学者有孟卿、孟喜、萧望之、王良等人。孟卿授郯人后苍、兰陵人疏广。疏广因明《春秋》，汉宣帝时为太子太傅，其侄疏受为少傅，功成身退，辞归故里，将毕生积蓄散与乡邻。萧望之，萧何六世孙，字长倩，宣帝时，历任大鸿胪、御史大夫、太子太傅、前将军光禄勋等职，为官刚正不阿，后遭宦官陷害，被迫自杀。其墓在今兰陵镇小仲村（实为萧家村）。兰陵美酒相传即为萧氏家酿，是由萧氏将酿造之法引进，并在此基础上发展起来的兰陵酿酒业。

别匡山

晓峰如画参差碧[1]，藤影风摇拂槛[2]垂。

野径来多将犬伴，人间归晚带樵随。

看云客倚啼猿树，洗钵僧临失鹤池[3]。

莫怪[4]无心恋清境[5]，已将书剑[6]许明时。

◎注释

①参差碧:《彰明县志》作色参差。

②槛：指大明寺的栏杆。

③失鹤池:《彰明县志》作饲鹤池。

④莫怪:《彰明县志》作莫谓。

⑤清境:《彰明县志》作清景。

⑥书剑：指文才武艺。

◎译文

清晨，远望匡山色如画，青翠的树木参差不齐，
古藤随风飞舞动着倩影，仿佛要垂到栏杆上面。
山间小路上，行人们带着一只猛犬做伴而行走，
晚归的山民们，人人都背负着一捆柴薪下山来。
看云的客人靠在树旁静听猿猴在树上喧嚣嚎叫，
大明寺里的僧人在失鹤池中清洗着吃饭的钵盂。
不要责怪我不留恋这空旷幽静秀丽无比的匡山，
只因我已将我的文才武艺许给了清明的好时代。

◎创作背景

这首诗作于唐玄宗开元十二年（724年），是李白早期重要作品，历代李白诗文集均未收录，仅见于四川彰明、江油二县县志。

匡山位于李白故里青莲乡之北五十余里，是少年李白读书学剑之地，他曾在这里习居十年，这是他为实现理想而决心离开故乡的抒情之作。

李白的诗主要有两种风格：一种风格是粗犷大气，有磅礴之美；另一种是不经雕饰，有清新天然之美。这首诗属于后一种。诗人思想中有很深的隐逸情结，所以把家乡描绘得极其优美，且环境清幽，适于隐居，但好男儿志在四方，身处大唐盛世的李白早已立志报国，所以，最终他离开了家乡，在隐逸与入世的矛盾心理中，他选择了后者。

◎赏析

这首诗用美景和闲适生活来衬托诗人的壮志雄心，表达出诗人不懈奋斗的豪情和建功立业的远大抱负。

“晓峰如画参差碧，藤影风摇拂槛垂”，描写匡山的美景，带读者入画。“晓”字点明时间，是天色初晓之时。匡山在晨曦映照下碧绿如画。近处的藤蔓从树上垂下，随风摇曳。动景和静景相结合，“拂槛垂”是一种静日下的驻足之景，仿若时光停顿，给人永恒之感。

“野径来多将犬伴，人间归晚带樵随”，这是一幅有着浓郁生活气息的画面，给人平静而悠远的感觉。野径与犬、樵，叙述一种天人合一的生活图景，是中国的古诗里，沿袭陶渊明田园诗的灵魂所在。

“看云客倚啼猿树，洗钵僧临失鹤池”，这两句更多着意于诗人心境的描绘。一个“看”字，一个“倚”字，闲散烂漫的形象便自动映现在读者眼前了。“洗钵僧临失鹤池”是诗人眼前之景与心中之景的交叉映现，短短几句诗，将时光叠印在一起，凸显诗人常游此地，并且饱含深情。

“莫怪无心恋清境，已将书剑许明时”，最后笔锋一转，描绘出一幅匡山虽美却无心留恋，决心奉献文才武艺的雄心壮志图。纵使景色如此美丽，闲适的心情却不可复得。对自然之景的深情与依恋，依然抵阻不住诗人欲为大唐盛世奉献文才武艺的宏伟抱负。

全诗以写景为主，融写景与抒情为一体，秩序井然，跌宕有致，景象清幽秀美，情感深沉强烈，显示出诗人飘逸豪放的诗作特色和高于一切的用世之心。

◎轶闻异物录

“小匡山”读书台

在李白故里江油，有李白遗迹——读书台。读书台又叫小匡山，传说李白曾在此挑灯夜读，周围几十里，都能看到山上的灯光，故又名“点灯山”。李白学成后离乡，遍游天下，后得唐玄宗诏见封为翰林，于是，人们又把点灯山叫作“翰林山”。山上曾建太白祠，后经多次兴废，光绪十四年，龙安知府蒋德钧再次重建时，塑李白身着官袍像供于祠内，龛上题“天才俊逸”的横匾，两边有“锦心绣口”“明月肺肠”的挂匾，还有对联“可怜头白未归来，惟见长江留浩月”。

祠堂毁于20世纪50年代初期，现只剩下庙前的两块石碑，和山顶一座用来烧字纸的惜字宫。惜字宫实际上是一座小石塔，上刻一联：“倒笔写天，气贯星斗。举杯邀月，诗惊鬼神。”在江油城区以西的众多山峦之中，读书台是较高的一个山头。登上峰顶四顾，丘峦竞秀，如海涛起伏；让水碧绿，如蓝靛浸染。读书台孤峭挺拔，像支巨笔傲然挺立，直指长空，仿佛正在以苍穹为纸书写与日月争辉的盖世雄文。在点灯山上，还有一块方方正正的石头，叫书箱石，据说是李白的书箱所化。在书箱石下，有一块空坪，是当年李白晒书的地方，叫作晒书坪。晒书坪旁的一块石头上，有一双脚印，传说是李白读书兴起时用脚在石头上蹬出的印迹。

自唐代以后，不断有文人墨客前来匡山读书台凭吊李白。

渡荆门[1]送别

渡远荆门外，来从楚国[2]游。

山随平野[3]尽，江入大荒[4]流。

月下飞天镜，云生结海楼[5]。

仍怜[6]故乡水[7]，万里[8]送行舟。

◎注释

①荆门：位于湖北省宜都市西北长江南岸，与江北虎牙山隔江相对，地势险要，自古便有楚蜀咽喉的称谓。

②楚国：即楚地，指湖北一带，春秋时期属楚国。

③平野：广阔的大平原。

④大荒：无边的原野。

⑤海楼：即海市蜃楼，江面上的水雾由于折射而形成的虚幻景象。

⑥怜：爱恋，喜欢。

⑦故乡水：即长江水，李白的家乡蜀中是长江的上游，所以称为故乡水。

⑧万里：比喻行程遥远。

◎译文

乘船渡江到遥远的荆门外，来到战国时期的楚地遨游。

高山随平原的出现而消失，浩荡的江水流入莽莽大荒。

江水中的月影如天上明镜，空中的云彩结成海市蜃楼。

我留恋着故乡的滔滔江水，它奔流不息伴我舟行万里。

◎创作背景

这首诗是青年时期的诗人初次出蜀行至荆门时，为赠别家乡而作，应是二十四岁的李白“仗剑去国，辞亲远游”时的作品，即作于唐玄宗开元十二年（724年）秋。

李白自“五岁诵六甲”起，直至远渡荆门，一直在四川生活。读书于戴天山上，闲暇于峨眉山等地，日常则隐居青城，因此李白对蜀中山水怀有深沉的情感。这次离别家乡，他发青溪、向三峡、下渝州、渡荆门，轻舟东下，途经多地。因此李白离开蜀地不只作了这一首诗，当时还有一首更加脍炙人口、千古流传的《蜀道难》。因此在理解这首诗的创作背景时，也可把《蜀道难》和《渡荆门送别》放在一起作对比阅读。

◎赏析

这首诗描写了诗人自蜀中至荆门行船途中所看到的壮观景象和内心感受，表现了年少远游、倜傥不群的个性及浓浓的思乡之情。

“渡远荆门外，来从楚国游”，开头两句交代了出行路线与目的地。诗人这次出蜀是由水路乘船而行，经巴渝，出三峡，直向荆门山之外驶去，目的是到湖北、湖南一带的楚国故地游览。“楚国”是诗人敬仰的大诗人屈原的故乡，有着灿烂的荆楚文化，诗人初来游楚应是怀有期待的心情的，这两句虽是平叙事实，却也按捺不住内心的隐隐激动，语气是十分兴奋爽朗的。

“山随平野尽，江入大荒流”，描写了荆门的地理形势和壮阔景观。三峡两岸都是高耸入云的峻岭，船过荆门一带，山逐渐消失，眼前是一望无际的低平原野，视野豁然开朗，是诗人从未见过的全新景象。一个“随”字，变静为动，将群山与平野的位置逐渐变换、推移，真切地表现出来，好像用电影镜头摄下的一组活动画面，给人以流动感与空间感，将静止的山岭摹状出活动的趋向。“江入大荒流”写出江水奔腾直泻的气势，从荆门往远处望去，仿佛流入荒漠辽远的原野，显得天空寥廓，境界高远。一个“入”字，写出气势的浩大，体现出诗人的万丈豪情，力透纸背，用语贴切。这两句写景中蕴藏着诗人喜悦开朗的心情和青春的蓬勃朝气。

“月下飞天镜，云生结海楼”，以移步换景之手法，描写了出峡以后看到的江上奇景，同时照应了前句。长江流过荆门以下，河道迂曲，流速减缓。晚上，江面平静时，俯视月亮在水中的倒影，好像天上飞来一面明镜似的；日间，仰望天空，云彩兴起，变幻无穷，结成了海市蜃楼般的奇景。而三峡水流湍急汹涌，很难有机会看到“月下飞天镜”的水中影像；两岸连山，重峦叠嶂，遮天蔽日，也无从望见“云生结海楼”的奇景。这一联以水中月明如圆镜反衬江水的平静，以天上云彩构成海市蜃楼衬托江岸的辽阔、天空的高远，艺术效果十分强烈。颔颈两联，把生活在蜀中的人，初次出峡见到广大平原时的新鲜感受极其真切地描写出来。

“仍怜故乡水，万里送行舟”，以浓重的怀念、惜别之情收尾，言有尽而意无穷，把江景推向无限处，同时呼应首句的客游之意，达到了首尾呼应的目的。诗人初次离别生活了二十来年的故乡，虽然对眼前壮阔的奇景有着新奇和喜悦之感，但这并不能切断诗人对故乡的感情联系，他对故乡有着深深的依恋与不舍之情。在这里诗人并未直抒对故乡的思念，而是将故乡对他的爱比作这江水，伴送他去到更远的地方，字里行间充满了由衷的感激之情。

全诗意境高远，风格雄健，形象奇伟，想象瑰丽，极具艺术概括力。“山随平野尽，江入大荒流”写得逼真如画，有如一幅长江出峡渡荆门长轴山水图，成为脍炙人口的佳句，充分显示出诗人俯仰于天地间、侧身于宇宙万物的宽大胸襟和辽阔视野。

◎轶闻异物录

李白与司马承祯

唐玄宗开元十三年（725 年），李白在江陵见到了受三代皇帝崇敬的道士司马承祯。天台道士司马承祯不仅学得一整套的道家法术，而且写得一手好篆，诗也飘逸如仙。唐玄宗对其非常尊敬，曾将他召至内殿，请教经法，还为他造了阳台观，并派胞妹玉真公主随她学道。

司马承祯见李白器宇轩昂，资质不凡，十分欣赏，及至看了他的诗文，更是惊叹不已，称赞其“有仙风道骨，可与神游八极之表”，这是他几十年来在朝在野都没有遇见过的人才，所以他用道家最高的褒奖之话赞美他，说他有“仙根”，这和后来贺知章赞美李白是“谪仙人”的意思差不多，都是把他看作非凡之人。

李白受到司马承祯如此高的评价欢欣鼓舞，他决心去追求“神游八极之表”这样一个永生的、不朽的世界，兴奋之余，他写成《大鹏遇希有鸟赋》，以大鹏自喻，夸赞大鹏的庞大迅猛。这是李白最早名扬天下的文章。

峨眉山[①]月歌

峨眉山月半轮秋[②]，影入平羌[③]（qiāng）江水流。

夜发[④]清溪[⑤]向三峡[⑥]，思君[⑦]不见下[⑧]渝州[⑨]。

◎注释

①峨眉山：山名，在今四川峨眉山市，是著名的风景区，有“峨眉天下秀”之称。

②半轮秋：指秋天的上弦月如同半个车轮。轮，是圆的一个数量单位，半轮即半圆的意思。

③平羌：江名，即青衣江，大渡河的支流，在峨眉山东。源出宝兴县北，东南流经雅安、洪雅、夹江等地，到乐山汇大渡河，入岷江。

④发：出发。

⑤清溪：即清溪驿，在峨眉山附近。

⑥三峡：这里指乐山的黎头、背峨、平羌三峡，清溪在黎头峡的上游。

⑦君：一说指峨眉山月；一说指同住峨眉山的友人。

⑧下：顺流而下。

⑨渝州：唐代州名，治所在巴县，即今重庆市。

◎译文

高峻挺拔的峨眉山上，半轮秋月当天悬挂。

平羌的江水缓缓流动，倒映着月亮的疏影。

夜间乘船从水路出发，离开清溪直奔三峡。

心中惦念的人难相见，恋恋不舍去向渝州。

◎创作背景

这首诗是李白离开家乡到蜀地游历时的作品，大约作于唐玄宗开元十二年（724年）秋，二十四岁的诗人再次游历成都、峨眉山，然后舟行东下至渝州（今重庆市）。李白是蜀人，因此峨眉山月也

就是故乡之月。

如果说李白早期是为了访道求仙而登峨眉山，那么在他即将离蜀和离蜀后所写的关于峨眉山月的诗，则主要是借以表达其豪情壮志和对友人的思念之情。

◎赏析

这首诗描写了诗人在舟中所见的夜景，通过一个仰望的静态描绘和一个俯视的动态描写，把诗人对家乡山水的依恋之情和对朋友的眷恋之意淋漓尽致地描摹了出来，表达了诗人发自内心的、真挚的乡恋之情。

“峨眉山月半轮秋，影入平羌江水流”，开篇点题，写出了远游的时令，描写了江中所见之景。峨眉山巍峨耸立，半轮淡淡的秋月悄然悬挂在山头，月亮的影子倒映在平羌江面上，如同一块碧玉，江水流动，月影也随江水前行，动静结合中，仿佛一幅绝美的月映秋江图。诗人用“半轮”直接描写峨眉山月，使人联想到青山吐月的优美意境。“影”字既是指月影，又与“入”和“流”两个动词构成一个连动式的谓语句式，写出了峨眉山月月影映入江水，又随水流去的动态之景。生活经验告诉我们，定位观水中月影，任凭江水怎样流，月影却是不动的。“月亮走，我也走”，只有观者顺流而下，才会看到“影入江水流”的妙景。所以此句不仅写出了月映清江的美景，同时也暗指秋夜行船之事。

“夜发清溪向三峡，思君不见下渝州”，写出远游的去处，表达了诗人对故土和友人的恋恋不舍之情。“夜发”点明启程时间，并照应诗题，同时也可见诗人“仗剑去国，辞亲远游”的风发意气，表现出一个青年乍离乡土，对故国故人的恋恋不舍，而江行见月，如见故人，然而，明月毕竟不是故人，于是只能“仰头看明月，寄情千里光”了。“思君”，则足见诗人对家乡故人的依恋与不舍。

全诗连用五个地名——峨眉山、平羌江、清溪、三峡和渝州，不着痕迹地为读者展开了一幅千里蜀江行旅图，构思十分巧妙，辅以自然流畅的语言、清朗秀美的意境，充分显示出青年李白的艺术天赋。

◎轶闻异物录

九老洞传说

在峨眉山市流传着一则与九老洞有关的民间故事：唐代大诗人李白纵情山水，浪迹天涯。一天，薄暮时分，李白吃罢酒饭，醉眼蒙胧，信步走出寺门，耳聆雀噪蝉鸣，眼观流泉飞瀑，沿一条羊肠曲径独行。走着，走着，忽见前面有个山洞，洞前草坪上，九个白发老翁正在石凳、石几上，对弈、品茗、清谈。李白不禁暗暗惊奇，心想：这深山密林间何来如许老叟？便趋步上前，拱手说道：“众位老伯，学生有礼了！”

九位老者见李白虽年轻，却很谦恭礼貌，便让他坐下，一块儿喝茶。谈话中，李白才知道，这几位老人都是附近山里人，靠采药为生。李白请教九位老人身体为何如此健康？老人彼此相视片刻，哈哈大笑。其中一位老人捋了捋银须，首先开口道：“我不缅杜康。”第二个老人莞尔一笑说：“饭后百步走。”第三位点头赞同：“淡泊甘蔬模。”第四个甩甩双手，泰然迈腿：“安步当车久。”第五位卷起袖子，伸出黝黑的臂膊：“服劳自动手。”第六位舒拳运气，在草坪上耍了一套拳脚，说道：“太极日日走。”第七位对着落日的余晖做了一个深呼吸，摸摸鼻子说：“空气通窗偏。”第八位仿了一个挖地的动作：“早起亦早休。”第九位老者发出一阵朗朗笑声，张开两臂说：“心胸坦荡荡，无忧又无愁。”“九老洞”由此得名，成为峨眉山十大胜景之一。

望庐山[1]瀑布·七绝

日照香炉[2]生紫烟[3]，遥看[4]瀑布挂前川[5]。

飞流直[6]下三千尺[7]，疑是银河[8]落九天[9]。

◎注释

①庐山：中国名山之一，又名匡山、匡庐，位于今江西省九江市北部的鄱阳湖盆地。

②香炉：这里指庐山香炉峰。据乐史《太平寰宇记》记载："在庐山西北，其峰尖圆，烟云聚散，如博山香炉之状。"

③紫烟：指日光照射水气形成的紫色烟雾。

④遥看：从远处看。

⑤挂前川：悬挂在前川上。前川：一作"长川"，这里指青玉峡龙潭瀑布。

⑥直：笔直。

⑦三千尺：夸张的说法，形容山很高，并非实指。

⑧银河：古人指银河系构成的带状星群。

⑨九天：即九重天，天的最高层，一作"半天"。这里是形容瀑布的落差巨大。

◎译文

香炉峰在红日的照耀下，化成一片紫色的烟霞，
远远望去，瀑布像一条巨大的白练悬挂在山前。
瀑布从陡峭的悬崖上喷涌直冲而下似有三千尺，
让人觉得是天上的银河之水从九天降到了人间。

◎创作背景

这首诗应是唐玄宗开元十三年（725 年）前后，二十五岁的李白出蜀，游历今湖北、江苏一带的途中，初游庐山时所作。

◎赏析

这首写景诗，通过对眼前所见之景的描绘，突显了庐山瀑布的奇伟与壮美，同时通过诗人的想象，营造了一种虚实相生的朦胧美。

“日照香炉生紫烟”，首句描写香炉峰的云雾之美。由于瀑布飞泻，水汽蒸腾而上，在阳光的照耀下，仿佛香炉冉冉升起袅袅紫烟，不仅把香炉峰渲染得美轮美奂，而且富有浪漫主义色彩，为不寻常的瀑布创造了不寻常的背景。“生”字用得极其巧妙，不仅将香炉峰写“活”了，也隐隐地将山间的烟云冉冉上升、袅袅浮游的景象刻画得灵动而富有生气。

“遥看瀑布挂前川”，诗人把视线移向山壁上的瀑布，交代了眺望瀑布的位置和远望瀑布的感受，点明题旨。“挂前川”是“望”的第一眼印象，瀑布像是一条巨大的白练高挂于山川之间，一个“挂”字，化静为动，惟妙惟肖地表现出倾泻的瀑布在“遥看”中的形象，也包含了诗人对大自然神奇伟力的赞颂。前两句相合，将香炉峰化静为动，又将瀑布化动为静，为读者绘制出一幅山顶紫烟缭绕、山间白练垂挂、山下激流奔腾的美丽图景。

“飞流直下三千尺”，运用转折句和夸张的手法极写瀑布的动态。“飞”字将瀑布从山峰悬垂而下的气势描绘得极为生动。“直下”一词既写出山之高峻陡峭，又可以见出水流之急，那高空直落，势不可挡之状如在眼前，瀑布的形象立刻又从静态化为动态。

“疑是银河落九天”，诗人运用瑰丽的想象，使得诗意进一步升华。“疑”字似是而非，非实非虚，使得这一想象更加生动、逼真。“落”字活化出了高空突兀、巨流倾泻的磅礴气势。瀑布从云端飞流直下临空而落，让人随着诗人的想象力跳脱开眼前所见之景，在形象刻画外丛生意境之象。这一句对瀑布的描写既夸张而又自然，既新奇而又真切，从而振起全篇，使得整个形象变得更加丰富多彩、雄奇瑰丽，既给读者留下了深刻的印象，又给人留有想象的空间，将诗歌文字构成的一幅壮美无比的画卷展现在读者眼前。

这首诗语言生动、简练明快，极其成功地运用了比喻、夸张和想象等修辞手法，想象丰富、构思奇特，表现了诗人对庐山瀑布的由衷热爱。苏东坡赞赏这首诗是“帝遣银河一脉垂，古来唯有谪仙词”。

◎轶闻异物录

庐山寓隐

唐玄宗开元十三年（725 年）前后，李白初次登庐山时，作了两首吟诵庐山瀑布的诗。第一首五言古体：

望庐山瀑布·五言古体

西登香炉峰，南见瀑布水。挂流三百丈，喷壑数十里。
欻如飞电来，隐若白虹起。初惊河汉落，半洒云天里。
仰观势转雄，壮哉造化功。海风吹不断，江月照还空。
空中乱潨射，左右洗青壁。飞珠散轻霞，流沫沸穹石。
而我乐名山，对之心益闲。无论漱琼液，还得洗尘颜。
且谐宿所好，永愿辞人间。

这一首五言诗共换四次韵，前八句为一韵，中间八句每四句各一韵，末六句为一韵。诗意也可按韵分为四层。前三层基本上是摹写瀑布的壮观奇姿，属景语；只有末一层言志抒怀，属情语。

前三层也各有重点：第一层从正面描写瀑布的主体实景；第二层从虚处更深更细地描绘瀑布；第三层从上下四旁来烘托瀑布之动态。

最后一层先擒后纵，收束得自然平易。

首二句交代“望庐山瀑布”的立足点和所“望”的方向。接着十四句用各种形象从不同角度形容瀑布的壮伟气势和诗人的赞叹。所谓“挂流三百丈”“初惊河汉落”，也即是第二首的“飞流直下三千尺，疑是银河落九天”之意，但不如后者简练和生动。末六句抒写诗人的志趣和愿望。

从这首诗中，可以看出李白思想中孤傲遁世的一面。

望天门山[①]

天门中断[②]楚江[③]开[④]，碧水东流至此回[⑤]。

两岸青山[⑥]相对出[⑦]，孤帆一片日边来[⑧]。

◎注释

①天门山：位于今安徽省当涂县西南二十里长江两岸，东为博望山，西为梁山，两山隔江对峙，形同天设的门户，合称天门山。据《江南通志》："两山石状晓岩，东西相向，横夹大江，对峙如门。俗呼梁山曰西梁山，呼博望山曰东梁山，总谓之天门山。"

②中断：江水从中间将两座山隔断。

③楚江：这里指长江。今安徽省当涂县战国时属楚国，所以流经此地的长江可称楚江。

④开：劈开，断开的意思。

⑤至此回：一作"至北回"，一作"直北回"，这里指这一段的长江水流至当涂，由于地势险峻，突然改变方向，并更加汹涌。回：回旋，回转的意思。

⑥两岸青山：即东博望山和西梁山。

⑦出：出现，突出。

⑧日边来：孤舟是从天水相接处的远方驶来，远远望去，好像是从日边驶来。

◎译文

天门山被楚江水拦腰劈开形成了两片，
碧绿的江水东流到此澎湃回旋而湍急。
江水两岸的青山一座连一座相向耸立，
远处的一片白帆像来自那遥远的天边。

◎创作背景

唐玄宗开元十三年（725年）春夏之交，二十五岁的李白初出巴蜀，乘船赴江东途中，初次经过天门山，写下此诗。

◎赏析

这首诗描绘了诗人泛舟行于江中，顺江水而下，远眺天门山的壮丽景色，通过对天门山雄美景象的描述，赞美了大自然的神奇壮丽，表达了诗人初出巴蜀时乐观豪迈的情感，展示出诗人自由洒脱、无拘无束的精神风貌。

“天门中断楚江开”，首句总写天门山与楚江。天门山本是一个整体，只因阻挡了汹涌的江流，才被冲开成两山，“断”字写出了浩荡东流的楚江冲破天门山奔腾而去的壮阔气势，突出了江水强大的冲击力。在诗人笔下，楚江仿佛成了有巨大生命力的物象，具有冲决一切阻碍的神奇力量，而天门山也似乎默默地为它让出了一条通道，赞美了大自然的神奇与壮美。

“碧水东流至此回”，这句又反过来写天门山对江水的约束力和反作用。由于两山束江，浩荡的江水东流至此突遇阻碍，形成巨大的回旋和波涛汹涌的奇观。如果说上一句是借山势写出江水的汹涌，那么这一句则是借水势衬托出山势的奇险。

“两岸青山相对出，孤帆一片日边来”，这两句描绘从两岸青山的夹缝中望过去的远景，写出天门两山的雄姿和长江江面的壮阔，点明“望”的立脚点和表现诗人的淋漓兴会。“出”字用得极妙，不但逼真地表现了在舟行过程中“望天门山”时，所见到的天门山特有的姿态，而且蕴含了舟中人的新鲜、喜悦之感，似乎夹江对峙的天门山，正迎面向自己走来，表示它对江上来客的欢迎。“孤帆一片”，传神地描绘出孤帆乘风破浪，越来越靠近天门山时诗人的欣喜之情。“日边来”，是神来之笔，一下子把景写得逼真而宏大，使之更加辽阔，仿若给天然的图画增加了一种悠远的动态美感，提升了诗的画面感和意境美。

全诗采用白描手法，紧扣题中的“望”字，句句都是“望”中所得，但绝无一个“望”字，可见其构思高妙；其生动的语言，使画面具有鲜明的豪放飘逸之诗风，突出了诗人豪迈、奔放、自由洒脱、无拘无束的形象。

◎轶闻异物录

张家界天门山

天门山古称云梦山，又名玉屏山，坐落在张家界市区南部八公里处。263 年，因山壁崩塌而使山体洞开一门，南北相通，至今已有一千七百五十多年历史。三国时吴王孙休以为吉祥，赐名“天门山”。天门洞，位于海拔一千二百六十多米的绝壁之上，门洞高一百三十一点五米，宽五十七米，深六十余米。据地质专家考证，门洞中央系东西岩层向斜的交汇处，因挤压而导致岩石破碎崩塌，最终于 263 年形成门洞。天门山海拔一千五百一十七点九米，因与山下市区相对高差达一千三百多米，故尤显伟岸挺拔，其天际线之美，堪称山的典型。

天门山拔地擎天，山势陡险峻拔，景色雄奇壮丽，被称为张家界的天然画屏。天门山的隆起始于燕山运动，再经喜马拉雅山造山运动，山体剧烈抬升千米以上，周围被断层节理深深切割，加上长期风雨侵蚀的岩溶作用，造就成嵯峨高峙、凌空独尊的喀斯特台型地貌。其山顶相对平坦，保存着完整的原始次生林，有很多极为珍贵和独特的植物品种。森林覆盖率达百分之九十。其间古树参天，藤蔓缠绕，青苔遍布，石笋、石芽举步皆是，处处如天成的盆景，被人誉为世界最美的空中花园和天界仙境。

天门洞终年氤氲蒸腾，景象变幻莫测，时有团团云雾自洞中吐纳翻涌，时有道道霞光透洞而出，瑰丽神奇，宛如幻境，似蕴藏天地无穷玄机。自古以来，奇幻美丽的“天门吐雾”“天门灵光”，被认为是天界祥瑞之象，名闻遐迩。

夜宿山寺

危楼[①]高百尺[②]，手可摘星辰[③]。

不敢高声语[④]，恐[⑤]惊[⑥]天上人。

◎注释

① 危楼：高楼，这里是指山顶的寺庙。
② 百尺：虚指，不是实数，形容楼很高的意思。
③ 星辰：天上星星的统称。
④ 高声语：大声说话。
⑤ 恐：害怕的意思。
⑥ 惊：惊扰，惊动。

◎译文

山顶上的寺院好像有一百多尺高，
站在楼上仿佛能摘下天上的星星。
在这里我简直不敢大声说话喧哗，
唯恐把天上的那些仙人给惊动了。

◎创作背景

这首诗一般认为应作于唐玄宗开元十三年(725 年)，是李白在湖北省黄梅县所作，写的是黄梅县蔡山峰顶的江心寺。诗人夜宿深山里面的一个寺庙，发现寺院后面有一座很高的藏经楼，于是便登了上去。凭栏远眺，星光闪烁，诗兴大发，写下了这首诗。

诗人在这一年结识了道教上清派第十二代宗师司马承祯。这时期李白到处游历，希望结交朋友，拜谒社会名流，从而得到引荐，一举登上高位，实现他的政治理想和远大抱负。

◎赏析

这首诗是李白独自一人寻幽览胜，即兴写就的诗作，诗中描写了寺中高耸的楼宇，表达了诗人对古代庙宇工程技术的惊叹以及对神仙般生活的向往和追求之情，寥寥数笔，却酣畅淋漓地表现了诗人身在高处的愉悦、豪放，具有浓郁的浪漫主义色彩。

“危楼高百尺”，开篇正面描绘寺楼之高。一个“危”字，写出了寺楼所居之地的峻峭挺拔，与“高”字巧妙组合，确切、生动且形象地将山寺屹立山巅、雄视寰宇的非凡气势描摹了出来，这样，有了首句摘星辰的夸张之语，后面的内容则更显自然了。

“手可摘星辰”，运用夸张的手法，烘托寺楼之高。这里字字将读者的视线引向夜空，非但没有“高处不胜寒”的感慨，反给人以旷阔感，以星夜的美丽引发人们对高耸入云之“危楼”的向往。

“不敢高声语，恐惊天上人”，这两句是诗人夜临“危楼”时的心态描写。从“不敢”和“恐”字中，读者完全可以想象得到“山寺”与“天上人”的距离之近，这样，山寺之高也就不言自明了。诗人不仅运用了大胆的想象，把夜晚寺楼所处的静态氛围描写得十分逼真，并且给人以丰富的联想。

全诗语言朴素自然，想象瑰丽，夸张巧妙，活灵活现，给人以丰富的联想和身临其境之感。“摘星辰”和“高声语”等有些童稚的想法，被诗人信手拈来，嵌入诗中，让人顿感情趣盎然，有返璞归真之妙。

司马承祯

司马承祯（639 年—735 年），字子微，法号道隐，自号白云子，人称白云先生，河内温县（今河南温县）人。晋宣帝司马懿之弟司马馗的后人，道教上清派茅山宗第十二代宗师。

司马承祯自少笃学好道，无心仕宦之途，师事嵩山道士潘师正，得受上清经法及符箓、导引、服饵诸术。后来遍游天下名山，隐居在天台山玉霄峰，自号“天台白云子”。与陈子昂、卢藏用、宋之问、王适、毕构、李白、孟浩然、王维、贺知章为“仙宗十友”。武则天闻其名，召至京都，亲降手敕，赞美他道行高操。唐睿宗景云二年 (711 年) 召入宫中，皇帝询问阴阳术数与理国之事，他回答阴阳术数为“异端”，理国应当以“无为”为本，颇合帝意，赐以宝琴及霞纹帔。唐玄宗开元九年 (721 年)，派遣使者迎入宫，亲受法箓。开元十五年 (727 年)，又召入宫，请他在王屋山自选佳地，建造阳台观以供居住。并按照他的意愿，在五岳各建真君祠一所。他善书篆、隶，自为一体，号“金剪刀书”。唐玄宗命他以三种字体书写《老子道德经》，刊正文匍，刻为石经。

张九龄、张说等皆拜司马承祯为师。唐玄宗开元二十三年（735 年）司马承祯被召入都，卒，时年九十六岁。羽化后，追赠银青光禄大夫，谥称“正一先生”。

长干行

妾发初覆额[①]，折花门前剧[②]。

郎骑竹马来，绕床[③]弄青梅。

同居长干里[④]，两小无嫌猜。

十四为君妇，羞颜未尝开。

低头向暗壁，千唤不一回。

十五始展眉，愿同尘与灰[⑤]。

常存抱柱信[⑥]，岂上望夫台[⑦]。

十六君远行，瞿塘[⑧]滟（yàn）滪（yù）堆[⑨]。

五月不可触，猿声[⑩]天上哀。

门前迟行迹[⑪]，一一生绿苔。

苔深不能扫，落叶秋风早。

八月胡蝶来[⑫]，双飞西园草。

感此伤妾心，坐[⑬]愁红颜老。

早晚[⑭]下三巴[⑮]，预将书报家。

相迎不道远，直至长风沙[⑯]。

◎注释

① 初覆额：刚刚盖住额头。

② 剧：游戏。

③ 床：井栏，后院水井的围栏。

④ 长干里：又名长干巷，在今南京市南秦淮河两岸山岗之间的平

地处。当年是船民集居之地，所以《长干曲》多抒发船家女子的感情。干，江东称山垄之间的地为干。

⑤ 尘与灰：这里是化为尘与灰，永远结合在一起的意思。

⑥ 抱柱信：比喻坚守信约。典出《庄子·盗跖篇》，相传尾生与一女子相约于桥下，女子未到而突然涨水，尾生守信而不肯离去，抱着柱子被水淹死。

⑦ 望夫台：相传古代一女子思念在外的丈夫，上台远眺，因而得名。据《明一统志》：望夫台，在忠州南一十里。

⑧ 瞿塘：即瞿塘峡，长江三峡之一。

⑨ 滟滪堆：瞿塘峡峡口的一块大礁石，农历五月涨水没礁，船只易触礁翻沉。为方便航运，1958 年已将其炸除。

⑩ 猿声：三峡两岸多猿，声音哀婉。

⑪ 迹：足迹。

⑫ 胡蝶来：一作“胡蝶黄”。胡蝶，即蝴蝶。据清代王琦《李太白文集注》：杨升庵谓蝴蝶或白或黑，或五彩皆具，唯黄色一种至秋乃多，盖感金气也。

⑬ 坐：因为的意思。

⑭ 早晚：多早晚，犹何时，这里是无论什么时候的意思。

⑮ 三巴：地名，指巴郡、巴东、巴西三郡。在今四川东部地区。

⑯ 长风沙：地名，在今安徽省安庆市东长江边上，距南京约七百里。

◎译文

我秀发刚盖过额头时，就同你一起在门前做折花游戏。
你骑着竹马过来，我们一起绕着井栏，互掷青梅为戏。
我们一起住在长干里，两个人从小情投意合两小无猜。
十四岁嫁作你的妻子，我害羞得没敢露出自己的笑脸。
只低着头面对墙壁暗角，任你一再呼唤不好意思回头。
十五岁我才舒展眉心，暗自发誓永生永世和你在一起。
对你我抱至死不渝信念，岂想有朝一日登上望夫台呢？
十六岁时，你离家远行，要去瞿塘峡那危险的滟滪堆。
五月水涨时滟滪堆不可相触，两岸的猿哀声响彻天际。

门前你离家时徘徊的足迹，现在已经长满了绿色苔藓。
绿苔太厚不好打扫，秋风吹落树叶，比往年要来得早。
八月里的蝴蝶漫天飞舞，它们成双成对飞到西园草地。
此情此景令我多么的伤心，思君的忧愁使我容颜衰老。
无论你什么时候想回家来，请一定提前把家书捎给我。
无论路途多远，我都去迎你回家，哪怕徒步至长风沙。

◎创作背景

唐玄宗开元十三年（725 年）秋末之后，李白初游金陵时写下此诗。

◎赏析

这是一首爱情叙事诗，以一位长干里商妇的口吻自述，抒写了对出远门经商的丈夫的怀念。诗中描绘了商妇各个阶段的生活侧面，展现了一幅幅鲜活生动的画面，塑造了一个对理想生活执着追求和热切向往的商贾思妇的艺术形象，刻画出一种典型的中国夫妻间忠贞不渝的感情。

“妾发初覆额，折花门前剧。郎骑竹马来，绕床弄青梅。同居长干里，两小无嫌猜”，写商妇对少年时期的回忆。通过回忆“折花”“骑竹马”“弄青梅”等童年时期的游戏，将自己与丈夫孩童时期“两小无猜”的生活场景展现在眼前，为下文描写夫妻之间的深厚感情埋下伏笔，字句活泼，展现了一组民间孩童嬉戏的风情画卷。

“十四为君妇，羞颜未尝开。低头向暗壁，千唤不一回”，通过描写女孩儿情窦初开时的细腻心情，再现了初婚时的情景。尽管对方是从小一起长大的伙伴，但出嫁时依然忍不住的羞赧。这里一连串的动作描写，使年轻女子俏皮含羞的形象跃然纸上。

“十五始展眉，愿同尘与灰。常存抱柱信，岂上望夫台”，抒写了婚后发展起来的炽烈爱情。“愿同尘与灰”化用尾生的典故，表达了小夫妻之间愿同生共死的深厚感情。商妇的爱情与封建时代常见的婚嫁并不相同，她和丈夫之间是有坚实的感情基础的，所以这里表现的都是真诚平等的相爱。

“十六君远行，瞿塘滟滪堆。五月不可触，猿声天上哀”，这四句描写了对远行丈夫的思念与担忧，是想象之词。想到丈夫所去之处是长江三峡这条险途，想到那高浪激流下的暗礁滟滪堆，再联想到那哀猿长啸的场景，不由得为之担惊受怕。这几句虽是平铺直叙，依然能感受到少妇内心的惴惴不安。

“门前迟行迹，一一生绿苔。苔深不能扫，落叶秋风早。八月胡蝶来，双飞西园草。感此伤妾心，坐愁红颜老”，这八句是少妇触景生情，刻骨的相思在煎熬着她的内心。“苔深”“落叶秋风”“八月”等词，都是通过相关景物与时间语汇，以景语代情语，描摹少妇婚后生活的孤寂。少妇的诉说如此真实、朴素，一言一语皆从胸臆间流出，萦迂回折，无不显示出对夫君的情意之深。

“早晚下三巴，预将书报家。相迎不道远，直至长风沙”，最后四句寄语远方的爱人，不论何时归来，定要先告知，无论千里万里，我定去迎接你。一个翘首企盼夫归的少妇形象呼之欲出。

全诗采用年龄叙述法和四季相思的格调，巧妙地将一些生活片段、想象中的情景连缀成一个艺术整体，风格缠绵婉转，柔和深沉，表现出商妇温柔细腻的思想感情，具有浓郁的民歌风味。

抱柱信

春秋时，鲁国曲阜有个年轻人名叫尾生，与圣人孔子是同乡。尾生为人正直，乐于助人，和朋友交往很守信用，受到四乡八邻的普遍赞誉。有一次，他的一位亲戚家里的醋用完了，来向尾生借，恰好尾生家也没有醋，但他并不回绝，便说："你稍等一下，我里屋还有，这就进去拿来。"尾生悄悄从后门出去，立即向邻居借了一坛醋，并说这是自己的，就送给了那位亲戚。孔子知道这件事后，就以乡里老大的身份，批评尾生为人不诚实，弄虚作假。尾生却不以为然，他认为帮助别人是应该的，虽然说了谎，但出发点是对的，谎言不也有美丽的吗？

后来，尾生迁居梁地（今陕西韩城南）。他在那里认识了一位年轻漂亮的姑娘。两人一见钟情，君子淑女，私订终身。但是姑娘的父母嫌弃尾生家境贫寒，坚决反对这门亲事。为了追求爱情和幸福，姑娘决定背着父母私奔，随尾生回到曲阜老家去。那一天，两人约定在韩城外的一座木桥边会面然后一起远走高飞。黄昏时分，尾生提前来到桥上等候。不料，乌云突然密布，狂风怒吼，雷鸣电闪，滂沱大雨倾盆而下。不久山洪暴发，滚滚江水裹挟泥沙，席卷而来，淹没了桥面，没过了尾生的膝盖。

"城外桥面，不见不散"，尾生想起了与姑娘的旦旦信誓，四顾茫茫水世界，不见姑娘踪影。但他寸步不离，死死抱着桥柱，最终被活活淹死。再说姑娘，因为私奔念头泄露，被父母禁锢家中，不得脱身。后伺机趁夜逃出家门，冒雨来到城外桥边，此时洪水已渐渐退去，看到紧抱桥柱而死的尾生，悲恸欲绝，她抱着尾生的尸体号啕大哭。阴阳相隔，生死一体，哭罢，相拥纵身投入滚滚江中，谱写了中国文学史上一幕惊心动魄的爱情悲剧。

广陵[1]赠别

玉瓶沽[2]美酒，数里送君还。

系马垂杨[3]下，衔杯大道间。

天边看渌水[4]，海上见青山。

兴罢各分袂[5]，何须醉别颜。

◎注释

①广陵：郡名，即今江苏扬州。
②沽：买。
③垂杨：即垂柳。
④渌水：清澈的绿水。
⑤分袂：指离别。袂：指衣袖。

◎译文

玉瓶中盛着美酒佳酿，已送别数十里该返回了。
把马拴在垂柳树的下面，我们就在大道上饮酒。
远望天边幽幽绿水，海面上隐约现出青山影子。
酒兴过了就分别，不要看到我醉酒伤别的样子。

◎创作背景

这首诗作于唐玄宗开元十四年（726年）春，二十六岁的李白首次游金陵（今江苏南京），准备赴广陵（今江苏扬州），与朋友分别时有感而作。因为李白酷爱饮酒，所以，他的诗总是与酒结下不解之缘。

◎赏析

这是一首赠别诗，诗中描写了金陵子弟劝酒相送的情谊，充满了蓬勃的朝气。

“玉瓶沽美酒，数里送君还”，描写以酒送别之景。唐诗中的离别语多是情景交融，于无情之物见有情之思，然而这首诗别具一格之处在于诗人以酒赠别。这两句看似平淡叙述，实际上蕴含了对朋友深厚的情谊。瓶为“玉瓶”,酒为“美酒”,从容器的精致名贵和酒的香醇清冽足见诗人对友人的重视。“数里”一词更是突出了对友人的依依惜别之情，送君数里仍旧不舍，惜别之情见于言外。

“系马垂杨下，衔杯大道间”，紧承上句，继续描写送别的情景。诗人与朋友在长满垂柳的大路边下马停留，临别再饮上几杯饯行的酒。诗人通过两个前后相承的动作，营造出一种开阔畅达的意境，暗示这并非是一次黯然销魂的伤情之别。语言虽舒缓平易，却有一种很强的画面感，垂杨、大道、系马、举杯，读者眼前浮现出一幅柳荫送别图，给人以美的享受。

“天边看渌水，海上见青山”，这两句应是诗人的想象，是对美好前景的展望。扬州地处内陆，并不靠海，也没有十分广阔的水域，所以这两句描写并非眼前实景，更多的是对朋友的衷心祝福。朋友此去一行，将会有许多美好的经历，可以在遥远的地方欣赏大海的美景，可以在广阔的海面上见到缥缈的青山。诗中不见勉励之词却暗含勉励之意，景语中凝结了诗人深厚的情感。

“兴罢各分袂，何须醉别颜”，结尾是诗人对友人的劝慰之词。送君千里终须一别，然而有了颈联两句展望美好前景所做的情感铺垫，这里倒是少了几分离别的伤感。等待友人的将是丰富美好的旅程，那么就将这次离别当成一个美好旅程的开始，将来重逢再细叙别后种种。

这首诗一改赠别诗伤感忧郁的常见基调，惜别而不伤别，语言平易自然，意象开阔疏朗，情调昂扬乐观，显示出诗人豪放洒脱、风流俊爽的豁达性格。

◎轶闻异物录

折柳送别

在我国的古代，亲朋好友一旦分离，送行者总要折一支柳条赠给远行者。“折柳”一词寓含“惜别”之意。民间“折柳送行”的习俗最早见于第一部诗歌总集《诗经》里的《小雅·采薇》：“昔我往矣，杨柳依依；今我来思，雨雪霏霏。”

分别时为什么要折柳相送呢？常见的解释是，“柳”谐“留”音，赠柳表示留念，一为不忍分别，二为永不忘怀。但是，这种解释我们感到很单薄，不足以完全令人信服。折柳送别作为一种非常普遍的文化习俗，恐怕不是一个“谐音”就能解释清楚的。因此，古代就有人从另外的角度探求这其中的缘由。如清朝褚人获在《坚瓠广集》卷四中提出：“送行之人岂无他枝可折而必于柳者，非谓津亭所便，亦以人之去乡正如木之离土，望其随处皆安，一如柳之随地可活，为之祝愿耳。”这种解释是很合理的。柳树和其他树木相比，其特点是“随地可活”，这正可以拿来祝愿远行的人，到了异地后，随遇而安，能够很快地融入当地的人群中，一切顺遂。这一说法便有了深刻的哲理性和更高的文化品位。

赠裴十四[1]

朝见裴叔则[2]，朗如行玉山[3]。

黄河落天走东海，万里写入胸怀间[4]。

身骑白鼋[5]（yuán）不敢度[6]，金高南山买君顾[7]。

徘徊六合[8]无相知，飘若浮云且西去！

◎注释

① 裴十四：应指“竹溪六逸”之一的裴政，李白的好友。

② 裴叔则：裴楷，字叔则，三国曹魏及西晋时期大臣、名士，人称裴令公。据《世说新语》载：裴令公有俊容仪，脱冠冕，粗服乱头皆好。时人以为玉人。见者曰：“见裴叔则如玉山上行，光映照人。”这里是借世人对裴楷的赞誉来赞美“裴十四”。

③ 朗如行玉山：形容人仪表堂堂，清朗如玉山，光彩照人。

④ “黄河”二句：这里是以黄河入海喻裴十四胸怀的阔大。据杨齐贤注：黄河，出昆仑山，在唐吐蕃中，隶大羊同国。极西为最高，其流入中国，势犹从天而落也。

⑤ 白鼋：白色的大鳖。语出《楚辞·九歌·河伯》：“乘白鼋兮逐文鱼，与女游兮河之渚。”这里是说裴十四才学心胸甚为深广，像一位骑着白色大鼋在海上行走的人，即一个飘飘欲仙的人。

⑥ 不敢度：这里是说裴十四博学多才，心胸广阔，诗人自己不敢轻易揣度。

⑦ “金高”句：这里是说千金难买裴十四一顾，是李白赞美友人裴十四不为金钱而忘义的品质。语出《列女传·节义传》：“郑子瞀者，楚成王之夫人也。初，成王登台，子瞀不顾。王曰：‘顾，吾又与女千金，而封若父兄。’子瞀遂不顾。子瞀曰：‘不顾，告以夫人之尊，示以封爵之重而后顾，则是妾贪贵乐利以忘义理也。’”

⑧ 六合：上下和四方称为六合，泛指天地或宇宙。

◎译文

我像见到晋人裴叔则，宛若行在玉山上朗然照人。
您的胸怀阔大如黄河落天，直把东海纳入了胸间。
您是身骑白鼋的高人，才高八斗我不敢贸然揣度，
您高尚的品质，值得用比南山高的黄金买君一顾。
我徘徊于天地之中，却没有一个能够相知我的人，
唯一懂我的人如浮云般漂流不定，即将离我西去。

◎创作背景

这首诗约作于唐玄宗开元十四年（726 年），李白初到长安，隐于终南山，他内心希冀能够通过当朝达官显贵的提携进入官场，当时结交张说父子，不料被冷落在京郊一座废弃的别墅中。诗人的友人裴十四即将西去，诗人有感而发写下这首赠别诗。

◎赏析

这首送别诗，通过对裴姓友人的赞赏，表达了对友人的钦慕、敬仰之情，抒发了与友人分别的离愁别绪。

“朝见裴叔则，朗如行玉山”，开头就以晋人裴叔则指代裴姓友人裴十四，赞美他的超凡脱俗，仪表堂堂，清朗如玉山，光彩照人。

“黄河落天走东海，万里写入胸怀间”，诗人以黄河水奔腾万里、波澜壮阔的景象，象征裴十四宽阔宏大的襟怀。描写黄河水的诗句曾出现在李白的《将进酒》一诗中，“君不见黄河之水天上来，奔流到海不复回”，诗以黄河的一去不返比喻人生易逝，用黄河的永恒反衬人类的沧海一粟。而在这首诗中，黄河代表着恢宏阔达、雄壮浩瀚，是胸襟的代称。

“身骑白鼋不敢度，金高南山买君顾”，诗人借用郑子瞀的典故，使用夸张的手法极度赞美裴十四襟怀豪迈，在险恶

的政治环境中不肯摧眉折腰、不肯为富贵忘义的高贵品格。“身骑白鼋”，称赞裴十四身骑白鼋，飘飘欲仙的样子。“不敢度”，在许多研究中均认为是诗人叙写裴十四的遭际，说裴十四身骑白鼋，面对汹涌的江水，却不敢渡过。本书编者认为：这种说法不符合整首诗的意境，而且，一个人既然已经达到了“身骑白鼋”的高度和境界，就不会惧怕海上汹涌的水势，自然也就不会被险恶的社会环境、艰难的人生道路所阻挡，所以，“不敢度”不应当理解为“不敢渡过”，而应理解为诗人自己不敢随意揣度像裴十四这种高人的胸怀。“金高南山买君顾”一句，诗人运用典故，赞美裴十四不肯为权贵摧眉折腰、不肯为富贵见利忘义的高贵品格，这也是诗人自身品格的写照。

“徘徊六合无相知，飘若浮云且西去”，结尾二句点明送别的主题，揭示了品格磊落的人不易容于世的现实。“徘徊六合无相知”，众多学者在赏析这一句时，认为其意思是：在“众人皆醉”的现实社会中，裴十四难觅知音，品格高尚却不为世俗所容，这其中也包含着诗人自己的愤懑之情。本书编者认为，这一句的意思是诗人在写自己的处境，因为，诗人当时刚到长安寻求入仕的途径，拜谒了不少达官贵人，却没有谁愿意推荐他，唯一能够和自己对脾气的友人即将西去，而且是一个行踪飘忽不定的人，所以，这一句是诗人感叹自己在这个世界上没有知音，唯一的知音即将远行西去，行踪难觅。“飘若浮云”，形容裴十四的身上具有仙风道骨气质，是诗人为自己的友人涂上一层灵异脱俗的光彩，表明自己结交的人都是品格高尚的人。

这首诗空灵秀逸，意蕴深远，感情真挚，读来感人至深。诗人称颂友人，引为知音，并在友人的精神风貌里，照见自己的襟怀和人格。

裴叔则

裴楷（237年—291年），字叔则。河东闻喜（今山西闻喜县）人。三国曹魏及西晋时期大臣、名士，东汉尚书令裴茂之孙，曹魏冀州刺史裴徽之子，西晋司空裴秀的堂弟。

裴楷出身于著名世族“河东裴氏”，年少时就有名于世，擅谈《老子》《易经》。最初被钟会推荐给司马昭，任相国掾。为定科郎时，与贾充等共同制定《晋律》。历任吏部郎、散骑常侍、侍中等职。他虽与外戚杨骏结亲，但素来轻视杨骏，在杨骏执政后，他以闲职避祸。杨骏被杀后，裴楷被牵连收押，经侍中傅祇救护得以免祸。经太保卫瓘及汝南王司马亮推荐，受封临海侯，再迁北军中候，因畏惧楚王司马玮而不敢上任。他担忧时局混乱，便请求外出，但还未上任，又遭遇司马玮矫诏杀卫瓘等人，裴楷单车奔往岳父王浑家，一夜之间迁徙八次才获免。

裴楷气度高雅、风采神韵，容貌英俊清朗，博览群书，特别精通理义，被时人称为“玉人”。他性格宽厚，与人没有矛盾，有知人之明，当初，乐广还侨居在河南，并未知名，裴楷见到他，感到很惊奇，将他推荐给相府，后来乐广成为西晋著名的清谈领袖。吴国灭亡、天下统一后，司马炎准备整治太平之化，每次引见公卿大臣，都与其谈论施政的方略。裴楷陈述三五之风，又叙说汉魏盛衰之迹。司马炎表示赞同，在座的人都感到佩服。东晋袁宏在《名士传》中以裴楷等人为“中朝名士”。

静夜思[①]

床[②]前明月光，疑[③]是地上霜。

举头[④]望明月，低头思故乡。

◎注释

①静夜思：即安静的夜晚产生的思绪。

②床：诗中的“床”字,是争论和异议的焦点。今传五种说法：第一，指井台。第二，指井栏。第三，“窗”的通假字。第四，取本义，即坐卧的器具。第五，胡床，亦称“交床”“交椅”“绳床”，即马扎，一种坐具。

③疑：好像。

④举头：抬头。

◎译文

明亮的月光洒在窗户纸上，好像地上泛起一层银霜。

抬起头看天窗外一轮明月，低头思念我远方的家乡。

◎创作背景

唐玄宗开元十四年（726年）春，李白前往扬州（今江苏省扬州市），秋，李白病卧扬州，客宿于当时的扬州旅店。旧历九月十五日左右的夜晚，月明星稀，诗人抬头望到天上一轮皓月当空，思乡之情油然而生，写下了这首传诵千古、中外皆知的名诗。几天后，李白又写下一首《秋夕旅怀》。是年冬季，李白离开扬州，前往北方，到达汝州（今河南省临汝县）。

◎赏析

这首诗描写了诗人旅居在外，于寂静的月夜思念家乡的感受。

静夜思

“床前明月光，疑是地上霜”，前句写诗人肉眼所见的具体景象，后句写由此引发的凝思。客中深夜未能成眠，独倚窗前，窗外庭院寂寥，皎洁的月光洒进房间，好像地上泛起一层秋日白霜。月色侵床，凄清之景，对孤身远客来说，最容易触动旅秋思怀、客况萧条的乡愁之心。“疑”字非常生动地刻画出诗人的内心活动，诗人迷离恍惚中，将照射在窗前的清冷月光误作铺在地面的浓霜。“霜”字也用得巧妙，既形容了月光的皎洁，又表达了季节的寒冷，是月明之夜，更是月色如霜的秋夜，烘托出诗人漂泊他乡的孤寂、凄凉之感。

“举头望明月，低头思故乡”，紧承前两句，写出了诗人油然而生的强烈的思乡之情。这两句通过动作神态的刻画，深化思乡之情。“望”字照应了前句的“疑”字，表明诗人已从迷蒙转为清醒，他翘首凝望着月亮，不禁想起，此刻故乡亦是同一轮明月，自然引出“低头思故乡”之句。“低头”这一动作描写诗人完全处于沉思状态，“思”字给读者留下丰富的想象：故乡的亲朋与旧友、山水与草木，凝结在无法追逝的往昔年华中。全诗从“疑”到“举头”，从“举头”到“低头”，形象地揭示诗人的内心活动，鲜明地勾勒出一幅生动形象的月夜思乡图。

这首诗没有奇特新颖的想象，也没有精工华美的辞藻，只是用叙述的语气，写游子的思乡之情，语言清新朴素而韵味含蓄无穷，历来广为传诵。构思细致而深曲，脱口吟成、浑然无迹。内容是单纯的却又是丰富的，是容易理解的却又是体味不尽的。诗人所没有说的比他已经说出来的要多得多，体现了“自然”和“无意于工而无不工”的妙境。

胡　床

胡床又称“交椅”“交床”“绳床”，是古时一种可以折叠的轻便坐具。交椅可以折叠，携带和存放十分方便，不仅在室内使用，外出时还可以携带。宋、元、明乃至清代，皇室贵族或官绅大户外出巡游、狩猎，都带着这种椅子，便于主人随时随地坐下来休息。由是交椅成为身份的象征，所以我国有“第一把交椅”代表首领的说法。因胡床携带方便、使用舒适，在中原地区得到广泛应用，替代了当时人们“席地而坐”的习惯方式，将“跪”改进为了“坐”，成为这一时期北方民族融合对于中原文化的一大贡献。

古代诗文中的“床”多指“胡床”，即马扎，一种坐具，而不是指我们现在睡觉的寝具。理解这一点，有助于我们理解古代的诗文。例如，李白《静夜思》：“床前明月光，疑是地上霜。举头望明月，低头思故乡。”诗人此时应该是夜晚坐在门外的小马扎上，赏月思乡。如果是睡在室内的床上，且不说古代的窗户小且不能透光，就是抬头和低头的动作也讲不通。但是，床在古代也指卧具。《三国志·蜀书·关羽传》：“先主（刘备）与二人（指关羽、张飞）寝则同床。”此“床”显然是指卧具。《三国志》撰于西晋，可见西晋仍以床指卧具。

越中[①]览古

越王勾践破吴[②]归，义士还家[③]尽锦衣[④]。

宫女如花满春殿[⑤]，只今惟有鹧鸪[⑥]飞。

◎注释

① 越中：古地名，又名越州、会稽、山阴、绍兴，即今浙江省绍兴市。春秋时代越国曾建都于此。

② 勾践破吴：春秋时期吴、越两国争霸。越王勾践于公元前 494 年，被吴王夫差打败，回到国内，卧薪尝胆，誓报此仇。公元前 473 年，越王灭吴后凯旋。

③ 还家：一作“还乡”。

④ 锦衣：华丽的衣服。据《史记·项羽本纪》：富贵不归故乡，如衣绣夜行，谁知之者？

⑤ 春殿：这里代指富丽堂皇、美女成群、充满生机的宫殿。

⑥ 鹧鸪：鸟名。形似母鸡，头如鹑，胸有白圆点如珍珠，背毛有紫赤浪纹。叫声凄厉，音如“行不得也哥哥”，极容易勾起人们旅途艰险的联想和满腔的离愁别绪。

◎译文

当年越王勾践灭掉吴国后胜利归来，
凡是能够活着回来的义士封官加爵。
遥想满殿宫女如花似玉，婀娜多姿，
如今唯有鹧鸪鸟在断壁残垣间盘旋。

◎创作背景

这首诗是唐玄宗开元十四年（726 年），李白游览越中时所作，诗中所涉及的历史事件是春秋时期的吴越争霸。

◎赏析

这首怀古之作是诗人有感于越州在古代历史上所发生的著名事件，选取了吴败越胜、越王班师回国后的两个镜头来描写，这是诗人从中感受得最深的一部分。

“越王勾践破吴归”，首句点明题意，说明所怀古迹的具体内容。以“归”字统领全诗，描写灭吴后班师回朝的越王及其将士，这凯旋的场景似乎为全诗奠定了激昂、乐观的基调。

“义士还家尽锦衣”，这一句描写战士还家的欢悦情景。消灭了敌人，雪了耻，凯旋的战士都受了赏赐，所以战士脱去铠甲，只着“锦衣”。“尽锦衣”三字尽显越王及其战士的得意、喜悦与骄傲之情。虽然诗中只描述了这一个场景，但留给人们的想象却是无尽的，旌旗如林，锣鼓喧天，勾践置酒于文台之上，大宴群臣，满脸得意而又倨傲。一个“尽”字，便暗示了越王以后的生活图景。

“宫女如花满春殿”，写出了越王班师回朝后，宫殿上的热闹景象。越王胜利归来，踌躇满志，不但耀武扬威，而且荒淫逸乐，于是宫殿上站满了貌美如花、风姿绰约的舞女，拥簇着越王，伺候着越王。“春”字呼应“如花”，描摹美好的时光和景象，不一定是指春天。仅此一点，就把越王将过去卧薪尝胆的往事忘得干干净净表述得十分充分。二、三两句极写胜利归来后繁盛、美好、热闹的场景。至此，这首诗的基调仍是高昂的、充满激情的。

“只今惟有鹧鸪飞”，结句突然一转，呈现在眼前的是一片荒凉之景，与前面的繁华热闹形成了强烈的对比。“只今”二字，让人惊觉历史的长河之中，荣华无常。这种极力渲染之后的转折，使得句意浓厚非常：既有人事的变化，又有盛衰的难测。几只鹧鸪在荒草蔓生的故都废墟上，旁若无人地飞来飞去，读来令人慨之叹之。过去的统治者莫不希望子子孙孙富贵荣华，而该诗却如实地指出了这种希望的破灭，这正是它的积极意义所在。

这首诗将昔时的繁盛和眼前的凄凉，通过具体的景物，做了鲜明的对比，使读者感受特别深刻。一般来说，直接描写某种环境，是比较难以突出的，而通过对比，获得的效果往往大大地加强。所以通过热闹的场景来描写凄凉，会愈觉凄凉。诗的前三句极言昔日之豪华，末一句咏今日之凄凉，以今昔盛衰构意，其间变化多端，有抑扬、有开合，产生了非比寻常的效果。再有一般的七绝，转折点都安排在第三句，而这首诗的前三句一气直下，直到第四句才突然转到对立面，就显得格外有力量，有神采。这种写法，非笔力雄健的诗人，是难以挥洒自如的。

◎轶闻异物录

越王勾践

李白诗中讲的“越王勾践”故事发生在春秋时期。吴越两国相邻，经常打仗，有次吴王领兵攻打越国，被越王勾践的大将灵姑浮砍中了右脚，最后伤重而亡。吴王死后，他的儿子夫差继位。三年以后，夫差带兵前去攻打越国，以报杀父之仇。

前497年，两国在夫椒交战，吴国大获全胜，越王勾践被迫退居到会稽。吴王派兵追击，把勾践围困在会稽山上，情况非常危急。此时，勾践听从大夫文种的计策，准备了一些金银财宝和几个美女，派人偷偷地送给吴国太宰，并通过太宰向吴王求情，吴王最后答应了越王勾践的求和。 但是吴国的伍子胥认为不能与越国讲和，否则无异于放虎归山，可是吴王不听。

越王勾践投降后，便和妻子一起前往吴国，他们夫妻俩住在夫差父亲墓旁的石屋里，做看守坟墓和养马的事情。夫差每次出游，勾践总是拿着马鞭，恭恭敬敬地跟在后面。后来吴王夫差有病，勾践为了表明他对夫差的忠心，竟亲自去尝夫差大便的味道，以便判断夫差病愈的日期。夫差病好的日期恰好与勾践预测的相合，夫差认为勾践对他敬爱忠诚，于是就把勾践夫妇放回越国。越王勾践回国以后，立志要报仇雪恨。为了不忘国耻，他睡觉就卧在柴薪之上，坐卧的地方挂着苦胆，示不忘国耻，不忘艰苦。经过十年的积聚，越国终于由弱国变成强国，最终打败了吴国，而吴王夫差也羞愧自杀。

苏台[1]览古

旧苑荒台[2]杨柳新，菱歌[3]清唱[4]不胜春[5]。

只今惟有西江月[6]，曾照吴王宫里人[7]。

◎注释

①苏台：即姑苏台，位于今江苏省苏州市西南姑苏山上。为春秋时吴王阖闾所建，是其子吴王夫差与西施及宫女们游乐的地方，后为吴太子友焚毁。

②旧苑荒台：旧时吴王的园林和荒圮的台榭。旧苑：即长洲苑，春秋时为吴王阖闾游猎的苑子；荒台：即姑苏台。

③菱歌：东南水乡的老百姓采菱时所唱的民歌。

④清唱：一作“春唱”，指歌声清晰响亮。

⑤不胜春：本是禁受不住的意思，这里引申为无限的、不尽的春光。

⑥西江月：西边江上的月亮。西江：泛指流经今江西、江苏二省内的长江。

⑦吴王宫里人：这里指吴王夫差宫廷里的嫔妃。

◎译文

颓败的宫墙、蛮荒的残台掩映在新芽吐绿杨柳丛中，
远处传来了采菱人的歌声，歌唱道不尽的锦绣春光。
而今只有长江上的明月依旧朗朗地笼罩着这片土地，
这轮明月曾经也照过吴王宫里欢歌盛舞着的嫔妃们。

◎创作背景

这首诗是唐玄宗开元十五年（727年）春，李白由越州回到苏州游姑苏台时所作。作为一首怀古咏史诗，它所涉及的历史事件也是春秋时期的吴越争霸。

◎赏析

这首诗描写了姑苏台的今昔变化，突出了春光依旧而穷奢极欲的帝王已无处寻觅的现实，表达了诗人对昔盛今衰的感慨之情。

“旧苑荒台杨柳新，菱歌清唱不胜春”，开头两句描写了今日所见的景象。以吴苑的残破和苏台的荒凉发端，刻画出极其萧条衰败之景，引出极感伤的心境。苑囿台榭已非昔日之苑囿台榭，而今日的杨柳青青，无边春色，是繁华落尽的又一风景，年年如旧，岁岁如新。以“新”与“旧”，不变的景物与变化的人事，作出鲜明的对照。一句之中，以两种不同的事物作对比，写出了古今盛衰之感，用字遣词，精炼而自然。第二句继续对目见之景、耳闻之声进行描绘。由柳岸湖中传来的江南小调，为世间看不尽的春色增添了几分柔情蜜意。“不胜春”三个字，似乎将人们的欢乐推向极致。但此时此刻，也正是这些风景勾起了诗人的无限怅惘。

“只今惟有西江月，曾照吴王宫里人”，借西江明月由今溯古，是经由“旧苑荒台”引起情感体验的进一步升华。“只今惟有”四个字，借月亮曾经照见的景色来写美人的不可复见，令人心生感慨和惋惜之情。这两句景色凄清，情感古今，以含蓄不尽的言外之意、味外之旨，使读者的情感体验产生了新的飞跃。

全诗着重写今日之荒凉，以暗示昔日之繁华，以今古常新的自然景物来衬托变幻无常的人和事，构思巧妙，旨意遥深。与此同时，这首诗所表述的不仅有古今盛衰的历史喟叹，而且有执着强烈的生命意识。因为，作为万物之灵的人，总是在不断追求着自由自在，追求着超越解脱。但是，这种渴望与追求常常难以实现，人也就难免常常陷入一种痛苦绝望的境地。古今贤愚，莫不如此，英雄美人，无一例外。乐极生悲，祸福相依，成功伴随着失败，生命的尽头是死亡。李白在游览姑苏台时情横古今，面对着眼前兴致勃勃的游人，想到了古代的吴王与西子，不能不有一种“后之视今，亦犹今之视古”的无限感喟。

◎轶闻异物录

姑苏台

越王勾践深知吴王夫差嗜好盖造宫室，兴建亭台楼阁，便运用辅国大夫文种的“伐吴计谋”，将重金财物献给吴国君王与臣下，使他们财迷心窍，对越国失去警惕；送去美女消磨吴王的意志；送去能工巧匠、建筑良材，让吴国大造宫殿、高台，耗尽其资财，疲乏其民力。

越王勾践凭借这些计谋，使吴王夫差不知不觉进入他所设计的圈套，越陷越深。吴王夫差终日花天酒地，不理朝政，他到哪里，亭台楼阁就建到哪，住到哪里，哪里就有妃嫱、女仆、宫妓侍奉左右，建造这些高台耗费了无数黎民百姓的血汗。当吴王夫差与美女们沉浸在欢乐逍遥、穷奢极欲之中时，越国便向吴国发动了进攻，在前 475 年—前 473 年，前后三年把吴国城池团团围困，使吴国城中断粮断炊，百姓饥荒，士兵无力作战，不堪一击，越兵轻易而入，很快占领了吴国城池。吴王夫差自刎而死。

吴王夫差用八年心血建成的姑苏台，也被越兵付之一炬，成了一片废墟。姑苏台的辉煌与兵燹，见证了吴国的兴衰，历史记载着过去，启示着未来。

赠孟浩然

吾爱孟夫子①，风流②天下闻。

红颜③弃轩冕④，白首⑤卧松云⑥。

醉月⑦频中圣⑧，迷花⑨不事君⑩。

高山⑪安可仰，徒此揖清芬⑫。

◎注释

① 孟夫子：即孟浩然。夫子：古时对男子的尊称。

② 风流：指风度，仪表。古人以风流赞美文人，主要是指有文采，善辞章，风度潇洒，不钻营苟且等。王士源《孟浩然集序》说孟浩然“骨貌淑清，风神散朗，救患释纷，以立义表。灌蔬艺竹，以全高尚”。

③ 红颜：红润的颜色，这里指孟浩然年轻的时候。

④ 轩冕：古时大夫以上官员的车乘和冕服，这里指官位爵禄。

⑤ 白首：白头，这里指孟浩然晚年的时候。

⑥ 卧松云：指隐居。松云：松林云霞，这里借指山林。

⑦ 醉月：对月醉饮。

⑧ 中圣：“中圣人”的简称，这里是酒醉的隐语。曹魏时徐邈喜欢喝酒，称酒清者为“圣人”，酒浊者为“贤人”。中：动词，本应读去声，但此处需读平声才合律。

⑨ 迷花：迷恋丘壑花草，这里指陶醉于自然美景，过隐居生活。

⑩ 事君：侍奉君主。

⑪ 高山：意思是孟浩然品格高尚，令人敬仰。据《诗经·小雅·车舝》：“高山仰止，景行行止。”

⑫ “徒此”句：只有在此向您的清高人品致敬了。李白出蜀后，游江陵、潇湘、庐山、金陵、扬州、姑苏等地，然后回头又到了江夏。他专程去襄阳拜访孟浩然，不巧孟已外游，李白不无遗憾地写了这首诗，表达敬仰和遗憾之情。

◎译文

我很敬重孟浩然先生为人的庄重和潇洒，
他善文采、精辞章，风度翩翩闻名天下。
年少时鄙弃功名利禄，不爱官爵和车马，
白首之时归隐山林松涛中，看白云飘飘。
明月当空的夜晚，独酌杯酒，醉得高雅，
胸襟豁达超然于世，不问君王只恋自然。
他那高山一样的品格怎能不让人仰望啊，
学不来他的清高在此揖敬他的道德光华。

◎创作背景

这首诗的具体创作时间不详。黄宝华认为，此诗大致写在李白寓居湖北安陆时期（727 年—736 年），此时他常往来于襄汉一带，与比他长十二岁的孟浩然结下了深厚友谊。郁贤皓认为，此诗当为开元二十七年（739 年）李白过襄阳重晤孟浩然时所作，其时孟浩然已届暮年。

◎赏析

这首诗描绘了孟浩然风流儒雅的形象，同时也展现了李白与他思想上的共鸣。

"吾爱孟夫子，风流天下闻"，首联即点题，开门见山地抒发了对孟浩然的爱慕与钦佩之情。"吾爱"二字，足见李白口吻之亲切与挚恳，"爱"字是贯串全诗的抒情线索。言不由己，乃心声之流露，当真是一颗赤子红心。孟浩然比李白年长十二岁，年岁既长，诗才又高，"风流"是李白对孟浩然潇洒清远的风度人品和超然不凡的文学才华之盛赞，其胸怀磊落、生性潇洒令李白仰慕钦敬。

"红颜弃轩冕，白首卧松云"，这一联描写孟浩然的形象，刻画了一位高卧林泉、风流自赏的诗人形象。“红颜”和“白首”点明了孟浩然从少年到老年的时间流变，“轩冕”和“松云”则是一入世、一出世，分别象征仕途和隐逸生活。“弃”“卧”二字更为读者刻画了孟浩然之潇洒不羁的个性。诗人在这里通过年岁和生活的对比，突出孟浩然不贪恋荣华富贵、自甘淡泊的高尚品格。

“醉月频中圣，迷花不事君”，进一步刻画孟浩然的隐居生活，这里的描写更为细致。在月光下把酒临风，贪恋景色以至流连忘返，恰似一幅图景，并颇有风神飘逸之致、疏朗古朴之风。“不事君”体现了孟浩然不追逐名利的高贵品质，流露出诗人对友人的敬爱之情。“红颜”句与“迷花”句的意境颇有相似之处，更体现一种自然错落的诗意之美。

“高山安可仰，徒此揖清芬”，尾联回到抒情，把孟浩然的高雅比为高山巍峨峻拔，令人仰止，感情进一步升华。前文大量笔墨赞赏孟浩然的人品，在这基础上将抒情加深加浓，推向高潮，就十分自然，如水到渠成。《诗经·小雅·车舝》中有“高山仰止，景行行止”的典故，这里既是用典，也是对形象的描写，即使不知其出处，也能欣赏其形象与诗情之美。

全诗直抒胸臆，情深词显，自然古朴，格调高雅。在结构上从抒情到描写又回到抒情，从爱最后归结到敬仰，意境浑成，感情率真，如行云流水般舒卷自如，表现出诗人率真自然的感情，是李白诗歌的特有风格。

孟浩然

孟浩然（689 年—740 年），名浩，字浩然，号孟山人，襄州襄阳（今湖北襄阳）人，唐代著名的山水田园派诗人，世称“孟襄阳”。因他未曾入仕，又称之为“孟山人”。

孟浩然生在盛唐，早年有志用世，在仕途困顿、痛苦失望后，尚能自重，不媚俗世，修道归隐终身，曾隐居鹿门山。四十岁时，游长安，应进士举不第。曾在太学赋诗，名动公卿，一座钦服，为之搁笔。开元二十五年（737 年）张九龄招致幕府，后隐居。孟诗绝大部分为五言短篇，多写山水田园和隐居的逸兴以及羁旅行役的心情。其中虽不无愤世嫉俗之词，但更多属于诗人的自我表现。

孟浩然的诗在艺术上有独特的造诣，后人把孟浩然与盛唐另一山水诗人王维并称为“王孟”，有《孟浩然集》三卷传世。孟浩然的一生经历比较简单，诗歌创作的题材也比较单一。孟诗不事雕饰，伫兴造思，富有超妙自得之趣，而不流于寒俭枯瘠。他善于发掘自然和生活之美，即景会心，写出一时真切的感受。如《秋登万山寄张五》《夏日南亭怀辛大》《过故人庄》《春晓》《宿建德江》《夜归鹿门歌》等篇，自然浑成，而意境清迥，韵致流溢。

山中问答[①]

问余[②]何意[③]栖碧山[④]，笑而不答[⑤]心自闲[⑥]。

桃花[⑦]流水窅（yǎo）然[⑧]去，别有天地[⑨]非人间[⑩]。

◎注释

①山中问答：一作“山中答俗人”，一作“答俗人问”，一作“答问”。

②余：指诗人自己。

③何意：一作“何事”，意思是有什么事吗？

④碧山：山名，又名白兆山，在今湖北省安陆市内。李白三十岁左右曾隐居在白兆山的桃花岩。另有学者认为，“碧山”是指青翠苍绿的山，而不是具体指哪一座山。

⑤不答：一作“不语”，不回答，不作答的意思。

⑥自闲：悠闲自得的样子。闲：安然，泰然。

⑦桃花：指晋代陶渊明《桃花源记》中记载的桃花，即东晋时，武陵有一渔人在溪中捕鱼。忽进桃花林，林尽处有山。山有小口。从山口进去，遇一与外界隔绝的桃花源，里边的人过着安居乐业的生活。这里是暗用其事。

⑧窅然：一作“宛然”，指深远的样子。

⑨别有天地：另有一番天地。别：另外。

⑩非人间：这里指诗人的隐居生活。

◎译文

有人问我为什么一定要隐居在碧山中，
我笑而不语，只享受怡然自在的舒畅。
身在世外桃源，看桃花随清溪而曲流，
别具一番洞天，哪是浮华的人世可比。

◎创作背景

这首诗应作于开元十七年至十八年（729 年—730 年），李白隐居在白兆山的桃花岩期间。诗人自少年时代，就和逸人东严子隐居在岷山，出川后，从唐玄宗开元十五年（727 年）起，在安陆（今属湖北）居住了十年。一生中曾多次隐居于山林。

◎赏析

这是一首诗意淡远的七言绝句，主要以问答的形式，抒发了诗人隐居白兆山，得以摆脱人间纷扰，徜徉于大自然的怡然自得之感。

“问余何意栖碧山，笑而不答心自闲”，前句起得突兀，后句接得迷离。诗人以提问的形式领起，意图唤起读者的注意。当人们期待答案的时候，诗人故意“笑而不答”。关于诗人的隐居，实在不容易说得清楚，也很难让世人理解。他的隐居并不是遁世，而是为了造就声誉，以取得有力的人的推荐，更便捷地走上仕宦的道路，而诗人的入仕又不是为了追逐名利。同时诗人也是真诚地爱好自由自在的隐居生活，其内心的思想是复杂而且充满矛盾的，难以跟俗人说明白。这里“笑”字值得玩味，它不仅表现出诗人喜悦而矜持的神态，造成轻松愉快的气氛，而且这“笑而不答”还带有几分神秘的色彩，制造悬念，以诱发读者的思索和兴味。“心自闲”是山居心境的写照，也是对上一句的回答，而“笑而不答”实乃“心自闲”的一种表现，这一句接得迷离，妙在不答，使诗增添了变幻曲折，有摇曳生姿、引人入胜的魅力。

“桃花流水窅然去，别有天地非人间”，最后这两句，看似是写隐居碧山之景，实际上也是首句设问的回答。李白这种“不答”而答、似断实连的妙语，实际上加深了诗的韵味。前句虽写花随溪水窅然而去的场景，却并无“流水落花春去也”的衰败失意之感，而是把它当作令人神往的美景来渲染。这一句也是借用了陶渊明《桃花源记》的典故，这个典故的借用拓宽了全诗的意境和读者的想象空间。“别有天地非人间”，其言外之意是，碧山桃花源别有天地，妙趣无穷，他就爱在这山中隐居。此“人间”非彼“人间”，其中隐含着诗人对自身经历的感慨，意蕴悠长，耐人寻味。所以说这首诗并不完全是抒写诗人超脱现实的闲适心情的。诗中用一“闲”字，暗示出“碧山”之“美”，并以此与“人间”形成鲜明的对比，因而诗在风格上有一种“寓庄于谐”的味道。不过这并非“超脱”。愤世嫉俗与乐观浪漫往往能奇妙地统一在李白的作品之中，体现出矛盾的对立统一。

全诗语言朴素，转接轻灵，活泼流利，浑然天成，虽只有四句，但有问、有答，有叙述、有描绘、有议论；用笔有虚有实，实处形象可感，虚处一触即止，虚实对比，意蕴幽邃；诗境似近而实远，诗情似淡而实浓，突显出诗人高古的艺术功力。

◎轶闻异物录

白兆山传说

传说玉皇大帝手下有一位专司起草圣旨、发布圣谕之职的官儿太白金星。这太白金星姓李名长庚。他文思敏捷，才华横溢，是天庭难得的文官。但他嗜酒如命，常常喝得酩酊大醉。

一天，玉皇大帝令太白金星向人间下达一道圣旨，要人们三天吃一餐饭。谁知他接过圣旨后，见天色尚早，就跑到广寒宫里同吴刚一边饮酒一边下起棋来。俩人一局棋没下完，酒却喝了一壶又一壶，都不知不觉地有些醉意了。朦胧醉意中，太白金星的衣袖拂掉了棋盘上的一枚棋子。这枚棋子自天而降，“轰隆”一声巨响，落在了安陆西北三十里外的地方，变成了一座高千仞的大山。由于棋子落地时产生的巨大冲击力，砸得地上乱石滚滚，烟尘蒙蒙，于是人们就把那地方叫作“烟店”。而乱石滚滚，也震动了当地六个卧龙潭。已在潭中修行千年的六条神龙闻声而出，其中一条潜入巨山，喜其灵气，遂盘踞于山内。后遇真武神，感其神猛，授以宝剑，助其白日飞升。其余五龙守于原处，镇守此地，与仙山遥遥相对。后人希望托其佑护，遂将此地命名为五龙冈。而那棋子落入下界的“轰隆”一声巨响，把太白金星的酒给震醒了一大半。他突然记起了玉皇大帝令他向人间传达圣旨的事，就似醉非醒、慌慌张张地来到南天门，向人间发话道：“玉帝有令天下百姓今后一日只准吃三餐饭，不得有误！”

后来，玉皇大帝知道太白金星因为贪杯误传了旨，就把他贬到凡间，让他投胎到四川江由一位李姓人家，取名李白。一天，一位云游高僧来到安陆烟店，见那枚棋子化作的大山被红光普照，紫气升腾，有神灵仙气，知是太白金星所造化，便为它取名叫作“白兆山”。后来，李白仗剑出游，来到白兆山，顿有所悟，感慨道：“山名曰白兆，始知李白来。”就在山上住了下来，而且一住就是十年。大家都称李白是“诗仙”，以为他诗作得好，才称之为“仙”，其实他是“谪仙”，就是被贬谪到凡间的神仙。

黄鹤楼[①]送孟浩然之[②]广陵[③]

故人[④]西辞[⑤]黄鹤楼，烟花[⑥]三月下[⑦]扬州。

孤帆远影碧空尽[⑧]，唯见长江天际[⑨]流。

◎注释

①黄鹤楼：中国著名的古迹，故址在今湖北省武汉市，属于长江下游地带。传说三国时期的费祎于此登仙乘黄鹤而去，故得名黄鹤楼。

②之：去、往。

③广陵：即扬州。

④故人：老朋友，这里指孟浩然。

⑤辞：告别，辞别。

⑥烟花：形容柳絮如烟、鲜花似锦的春天景色，指艳丽的春景。

⑦下：顺流向下。

⑧碧空尽：消失在碧蓝的天际。

⑨天际：天边，天的尽头。

◎译文

老朋友孟浩然与我辞别在黄鹤楼，
在春光烂漫的三月启程前往扬州。
孤零零的帆影渐渐消失在蓝天下，
只有不息的江水在天际滚滚奔流。

◎创作背景

李白热爱自然、喜欢交友，他是在漫游和漂泊中走完了自己的人生之路，足迹遍布中原内外，留下了许多歌咏自然美、歌颂友情的作品。

唐玄宗开元十五年（727年），李白东游归来，至湖北安陆，时年二十七岁。他在安陆住了有十年之久，不过很多时候都是以诗酒会友，在外游历，用他自己的话说就是“酒隐安陆，蹉跎十年”。就在寓居安陆期间，李白结识了长他十二岁的孟浩然。孟浩然对李白非常赞赏，两人很快成了挚友。

开元十八年（730年）三月，李白得知孟浩然要去广陵（今江苏扬州），便托人带信，约孟浩然在江夏（今武汉市武昌区）相会。几天后，孟浩然乘船东下，李白亲自送到江边。送别时写下了这首流传千古的送别诗。自此，黄鹤楼的名气也就随着李白这首《黄鹤楼送孟浩然之广陵》而享誉海内外。

◎赏析

这首送别诗以绚丽斑斓的烟花春色和浩瀚无边的长江为背景，极尽渲染之能事，绘出了一幅意境开阔、情丝不绝、色彩明快、风流倜傥的诗人送别图。

“故人西辞黄鹤楼”，首句点明送别的人物和地点。因孟浩然年龄比李白长，在诗坛上享有盛名，李白对他很敬重，彼此感情深厚，所以用“故人”称友人。“西”字，仿佛带出一幅夕阳之景，“西辞”一词又隐含诗人的依依惜别之情。“黄鹤楼”是一登高望远的绝佳之地，江边之景可以尽收眼底，这里不仅有点明送别地点的作用，更因为黄鹤楼是天下名胜，又是传说中仙人升空的地方，所以一提黄鹤楼就会带出种种与此处有关的富有诗意的意境。

“烟花三月下扬州”，点明送别友人的时间以及友人将要去的地方。此处的“烟花”并不是现代意义上的“烟花”，而是指烟雾迷蒙、繁花似锦。扬州，那是两京之外最为繁华的大都会，时称“扬一益二”。古人有个笑话，概括世俗的人生三大理想，分别是腰缠万贯、骑鹤和下扬州。而今友人要去的地方是扬州，且是“三月”，那正是烟花繁藏之时，而开元时代繁华的长江下游，又正是烟花之地。繁华的时代、繁华的季节、繁华的地区相联系，洋溢着诗人的钦羡之情，也注定了这次的送别是愉快的，为诗人所向往的。

“孤帆远影碧空尽”，描写出了一叶白帆渐行渐远，最终消失在广袤无垠的蓝天碧空下、水天相接处，画面广阔，意境辽远。“孤帆远影”，诗人极目望去，友人的孤舟扬起风帆，消失在万里碧空之中。一个“尽”字,突出诗人远眺时间之长，展示的是一个漫长的送别过程。这中间有诗人对友人恋恋不舍的深情,更多的是诗人对好友“潇洒走一回”的向往之情。

“唯见长江天际流”，这是眼前景象，又不单纯是写景。帆影已经消逝了，然而诗人还在翘首凝望，这才注意到一江春水，在浩浩荡荡地流向远远的水天交接之处，触景生情，心潮起伏，一颗澎湃的心正像这滚滚东去的一江春水，奔腾不息，有依恋，有怅惘，更有几多的羡慕和无限的感慨。

这首诗虽为惜别之作，却写得飘逸灵动，情深而不滞，意永而不悲，辞美而不浮，韵远而不虚。这是一场极富诗意的离别，更是一座诗歌史上的艺术珠穆朗玛峰。

◎轶闻异物录

黄鹤楼的传说

据《报应录》记载，从前有位姓辛的人，以卖酒为业。

一天，酒店里来了一位身材魁伟但衣着褴褛的客人，神色从容地问辛氏：“可以给我一杯酒喝吗？”辛氏不因对方衣着褴褛而有所怠慢，急忙盛了一大杯酒奉上。如此过了半年，辛氏也不因为这位客人付不出酒钱而显露厌倦的神色，依然每天请这位客人喝酒。有一天客人告诉辛氏说：“我欠了你很多酒钱，没有办法还你。”于是从篮子里拿出橘子皮，画了一只鹤在墙上，因为橘皮是黄色的，所画鹤也呈黄色。座中人只要拍手歌唱，墙上的黄鹤便会随着歌声，合着节拍，蹁跹起舞，酒店里的客人看到这种奇妙的事都愿付钱观赏。如此过了十年多，辛氏累积了很多财富。

一天，那位衣着褴褛的客人又飘然来到酒店，辛氏上前致谢说，我愿意供养您，满足您的一切需求。客人笑着回答说：我哪里是为了这个而来呢？接着便取出笛子吹了几首曲子，没多久，只见朵朵白云自空而下，画上的黄鹤随着白云飞到客人面前，客人便跨上鹤背，乘着白云飞上天去了。辛氏为了感谢及纪念这位客人，便在黄鹄矶上修建了一座楼阁，取名“黄鹤楼”。

登新平[1]楼

去国[2]登兹楼[3]，怀归伤暮秋。

天长落日远，水净寒波流[4]。

秦云[5]起岭树，胡雁[6]飞沙洲[7]。

苍苍[8]几万里，目极[9]令人愁。

◎注释

①新平：唐朝郡名，即邠州。

②去国：离开国都。

③兹楼：指新平楼。兹：此。据王粲《登楼赋》："登兹楼以四望兮，聊暇日以销忧。"

④寒波流：指泾水。

⑤秦云：秦地的云。新平等地在先秦时属秦国。

⑥胡雁：北方的大雁。胡：古代北方少数民族的通称，这里指北方地区。

⑦洲：水中可居之地。

⑧苍苍：一片深青色，这里指旷远迷茫的样子。

⑨目极：放眼远望。据《楚辞》："目极千里兮伤春心。"

◎译文

离开繁华的国都，登上新平城的城楼，
身怀归心，面对寂寥的暮秋无比神伤。
天空辽阔悠远，夕阳抵达目光所极处，
清澈的江水泛起淡淡寒气在静静地流。
白云朵朵仿佛自秦时已在峻岭中升起，
从遥远的北方飞来的大雁停在沙洲上。
极目远望苍茫万里大地，我暗自忧伤。

◎创作背景

唐玄宗开元十八年（730 年），李白初入长安，希望找到有所作为的机会，于是决定西游邠州，一来探望担任邠州长史的兄长李粲，求他疏通一下，打通仕途；二来探访公刘古国，慰藉受伤的心灵。但事与愿违，于是他带着失望的心情写下此诗。

◎赏析

这首诗是诗人心怀悲愤离开长安时所作，途遇新平城楼，登高远望，看着暮秋之景发出慨叹。在唐玄宗的昏庸统治下，一场深刻的社会危机正悄然降临，而诗人壮志难酬，如今重返仕途希望渺茫。

“去国登兹楼，怀归伤暮秋”，诗人用铺叙的手法描绘一幅暮秋时节离开长安、登上新平楼的图景，通过“怀”“归”“伤”“暮秋”等词烘托气氛，将诗人郁郁难解的哀伤心情和盘托出。

“天长落日远，水净寒波流。秦云起岭树，胡雁飞沙洲”，站在新平楼上远望江山之景，一派萧瑟凄凉气象，“落日”“寒波”“秦云”“胡雁”，一幅暮秋之景悄然在目，怀归忧国又无可奈何的心情破纸而出。

“苍苍几万里，目极令人愁”，一个“愁”字点明题旨，前述之景皆铺垫之语，诗人借景抒情，情含景中，一方面暗寓自己极度思念帝都长安的心情，另一方面突显自己想到唐王朝的前途命运而有愁思之绪。结尾的“令人愁”和第二句的“伤暮秋”，遥相呼应，构成了全诗的统一情调。

这首诗寥寥数笔，却意味深长。《楚辞》有言：“目极千里兮伤春心。”如今在李白诗中幻化为暮秋登楼四望，远处尽是苍茫之景，真可谓写景以感怀。景物雄阔可见李白雄健之志，更映现其处境之悲。

◎轶闻异物录

新平城感怀

开元十八年（730 年），李白先到长安，谋官未成，便决定西游邠州，一来探望担任邠州长史的兄长李粲，求他疏通一下，打通仕途；二来探访公刘古国，慰藉一下受伤的心灵。时值暮秋，西风扑面，长空雁鸣。那时西行古道，得经过新平原（今水口原）才能下至州城（今县城）。这日下午，李白到达新平原，登上巍然屹立于原上的新平县城楼，四周眺望，那晴空尽头，夕阳向云岭坠去；素练般的泾水，闪动着发寒的清波；胡雁从沙汀起落，随雁阵的方向极目远望，苍苍万里，前路茫茫。李白触景生情，一股愁绪涌至笔端，写下《登新平楼》这一名作。

赠新平[1]少年

韩信在淮阴，少年相欺凌[2]。

屈体[3]若无骨，壮心有所凭。

一遭[4]龙颜君[5]，啸咤[6]（zhà）从此兴。

千金答漂母[7]，万古共嗟[8]称。

而我竟何为[9]，寒苦坐相仍。

长风入短袂[10]（mèi），内手如怀冰[11]。

故友不相恤[12]（xù），新交宁见矜[13]（jīn）。

摧残槛中虎[14]，羁绁[15]（jī xiè）鞲[16]（gōu）上鹰。

何时腾风云，搏击[17]申所能。

◎注释

①新平：郡名，原邠州。《旧唐书·地理志》：“关内道邠州，开元十三年改豳为邠，天宝元年改为新平郡。”即今陕西彬县。

②“韩信”二句：据《史记·淮阴侯列传》，韩信少年时贫困，曾在淮水边向漂母乞食，曾受淮阴市井少年胯下之辱。

③屈体：这里指屈服、投降。

④遭：遇到，遇上。

⑤龙颜君：指汉高祖刘邦。据《史记·高祖本纪》载：高祖为人，隆准而龙颜。

⑥啸咤：叱咤风云，形容威力极大。

⑦“千金”句：《史记·淮阴侯列传》说，韩信封楚王后，将从前在淮水畔接济过他的漂母找来，予以千金作为报答。

⑧嗟：最初为叹词，感叹的意思，后来泛指带有侮辱性的施舍。这做叹词用。

⑨而我竟何为：一作“而我竟胡为”。

⑩ 短袂：短衣袖的衣服。

⑪ 内手如怀冰：一作“两手如怀冰”。古《善哉行》：自惜袖短，内手知寒。张华诗：狭纩如怀冰。

⑫ 相恤：相互体贴怜恤。恤：救济的意思。

⑬ 见矜：怜悯。

⑭ 摧残槛中虎：据《汉书》载，猛虎处深山，百兽震恐。及其在阱槛之中，摇尾而求食，积威约之渐也。

⑮ 羁绁：原指络头和马缰绳，这里是束缚的意思。

⑯ 鞲：鲍照诗“昔如鞲上鹰”，刘良注：“鞲，以皮蔽手而臂鹰也。”鞲：臂上架鹰的皮套袖。

⑰ 搏击：冲击长空或迎向风浪。

◎译文

韩信在淮阴的时候，有市井少年欺凌他瘦小体弱。
他当时像奴婢一样弯腰服软，胸中仍怀雄心壮志。
遇上汉高祖这位真龙天子，改变了他的人生轨迹。
用千金报答当年接济过他的漂母，获得千古美名。
而我今天如何呢？苦寒人生依旧，坐立不得安神。
寒风带着飒飒凉气吹入我的短袖中，两手冷如冰。
老朋友不体恤帮助，新朋友也无一丝怜悯和同情。
我像被囚禁在笼中的老虎，又若拴在臂上的雄鹰。
我何时才能翱翔蓝天搏击长空，一展雄才大略呢？

◎创作背景

唐玄宗开元十八年（730年），李白在安州（今湖北安陆县）多次谒见本州裴长史，因遭人谗谤，写了《上安州裴长史书》为自己辩白，被拒。初夏，往长安，谒宰相张说，结识其子张垍。寓居在终南山玉真公主（玄宗御妹）的别馆。又曾谒见其他王公大臣，均无果。暮秋时节，游邠州（位于长安西），出游邠州期间有所感而写下这首诗。

◎赏析

这首诗反映的是诗人新交旧友不予帮助，自己生活困顿、仕途不遇的艰难情景，以及希图摆脱困境的愿望。

“韩信在淮阴，少年相欺凌。屈体若无骨，壮心有所凭。一遭龙颜君，啸咤从此兴。千金答漂母，万古共嗟称”，前八句叙述韩信胯下受辱和千金答漂母的故事。诗人花费相当多的篇幅叙述韩信的故事，意在借韩信事自喻。诗人自幼聪颖，心怀报国之雄心大志，认为自己有韩信那样的辅国才智，眼前的遭遇有如韩信未遇汉王前在淮阴的处境。“屈体若无骨”句，原出蔺相如故事，这里承前之意仍指韩信受辱之事。“壮心”句表明虽身处逆境，但仍不改初心，诗人以此明志。“一遭龙颜君，啸咤从此兴”，句意转折明显，前句是铺垫，先抑后扬，体现了诗人不屈不挠的心志。“千金答漂母，万古共嗟称”，更赞赏韩信大丈夫的品德修养。

“而我竟何为，寒苦坐相仍。长风入短袂，内手如怀冰。故友不相恤，新交宁见矜”，由咏史转为言志，慨叹自己的困顿处境。诗人二十四岁便出门远游，直到三十四岁西谒长安，期间游历祖国甚多风景，结交甚多名人，他真正的目的在于寻求政治出路，希望以布衣直接进入仕途。然而来邠州以后的遭遇，还是一派凄寒孤寂的惨景。“长风”二句与前一句“寒苦坐相仍”都是描写气候、环境和愁情。“故友”二句是写世态、写人情。“故友”当指入长安前曾八九次干谒过的裴长史等一班人；“新交”或指来长安拜见的张垍、来新平后结交的同族李粲等。投靠无门的一介书生，旧友既不能扶持救济，新知也没有谁能怜悯，诗人的处境不是一般的凄惨。

“摧残槛中虎，羁绁韝上鹰。何时腾风云，搏击申所能”，最后诗人以猛虎、雄鹰自比，表达对前途的自信。诗人自比“槛中虎”和“韝上鹰”，既是描写目前的处境，也是坚信自己有“虎”“鹰”之才，日后定能施展。是年三十岁的诗人是乐观的，所以坚信“腾风云”“申所能”的机会一定会到来。表现出诗人对光明前途的执着追求，面对暂时困难的乐观主义精神。

全诗咏史言志，赋物抒情，以历史上的英雄人物为榜样，以山川鱼鸟为比拟，极富浪漫主义色彩，体现了李白诗歌的特色。

◎轶闻异物录

漂　母

漂母是《史记·淮阴侯列传》中一个漂洗丝絮的老妇人，江苏淮阴人（现淮安区）。书中记载，韩信少时家里很穷，他虽然有些才能但却一直得不到别人的认可，还有人说他品行不太好。韩信既不会做生意，又没什么手艺，所以只好寄人篱下，在别人家里吃闲饭，时间长了周围的人都讨厌他，给他脸色看。他只好选择到淮阴城旁的河边钓鱼来维持生计。

一次，韩信钓鱼时，河边的一位漂母见他一副饥饿的样子，就把自己带的饭给韩信吃。就这样，漂母漂洗了数十天的丝絮，为韩信带了数十天的饭。韩信对漂母说：“吾必有以重报母。”韩信的意思是不会忘记漂母的恩惠，他会报答漂母的。没想到漂母却说：“大丈夫不能自食，吾哀王孙而进食，岂望报乎！”漂母的意思是因为可怜韩信才给他饭吃，哪里是希望得到回报啊！“大丈夫”“王孙”是漂母对韩信的尊称，由此可见，漂母的话语其实是暗含激励的，她希望韩信能够振作起来，有所作为！有学者考证说，漂洗丝絮在当时是一个行当，这个行当很辛苦、很劳累，经常会弄裂双手，并且也赚不了几个钱。漂母能够在收入极其微薄的情况下帮助韩信，确实难能可贵！

漂母的无私大爱不仅影响了韩信，还深深地影响了一代又一代的人们，历代学者多有诗文对其赞颂，历朝官府也纷纷建祠树碑以示褒扬。至今，漂母墓、漂母祠仍屹立在淮安境内，成为国内著名的母爱文化教育基地。

行路难·其一

金樽[①]清酒[②]斗十千[③]，玉盘珍羞[④]直[⑤]万钱。

停杯投箸[⑥]不能食，拔剑四顾心茫然。

欲渡黄河冰塞川，将登太行雪满山。

闲来垂钓[⑦]碧溪上，忽复乘舟梦日边[⑧]。

行路难，行路难！多歧路，今安在[⑨]？

长风破浪[⑩]会有时，直挂云帆[⑪]济沧海。

◎注释

①樽：古代盛酒的器具。

②清酒：清醇的美酒。

③斗十千：一斗酒值十千钱，形容酒美价高。

④珍羞：珍贵的菜肴。羞：通“馐”，菜肴，美味的食物。

⑤直：通“值”，价值。

⑥箸：筷子。

⑦垂钓：传说吕尚未遇周文王时，曾垂钓于磻溪（位于今陕西省宝鸡市东南）。

⑧梦日边：伊尹在将接受商汤的聘请时，梦见自己从日月旁边经过。

⑨多歧路，今安在：岔道这么多，如今身在何处？歧：岔道；安：哪里。

⑩长风破浪：据《宋书·宗悫传》载：宗悫少年时，叔父宗炳问他的志向，他说：“愿乘长风破万里浪。”这里用来比喻实现政治理想。

⑪云帆：这里指高高的船帆。船在海里航行，因天水相连，船帆好像出没在云雾中。

行路难

◎译文

黄金杯中的美酒，一斗就得十千文银；
玉雕盘里的丰盛菜肴，更是价值万钱。
我心情烦闷，放下杯筷不想吃这美食；
拔出宝剑，环顾四周，心中一片茫然。
想渡过黄河，无奈坚冰堵塞茫茫大川；
想要登上太行山，大雪堆满皑皑高山。
姜太公垂钓于磻溪，得遇重才的文王；
伊尹梦见经过日月，被聘在商汤身边。
人生路啊何其艰难！人生路何其艰难！
歧路纷杂，真正的大道究竟在哪边呀？
我相信：乘风破浪的时机一定会到来；
到那时，我必将扬帆起航，兼济天下。

◎创作背景

关于这首诗的创作时间，应作于唐玄宗开元十九年（731 年）前后，李白初入长安追求功名无成而归之时。但也有人持不同看法，认为是作于天宝三载（744 年），李白离开长安之时。若参照诗人《梁园吟》《梁甫吟》两首诗，其结尾与本诗如出一辙。因此，本书编者则更倾向于是诗人初入长安时期的作品。

◎赏析

《行路难》是乐府古题，多咏叹世路艰难及贫困孤苦的处境。李白的这首诗就是描写了世道的艰难，抒发了怀才不遇的愤懑之情，但同时也表达了失意中仍心怀希望的豪迈气概。

“金樽清酒斗十千，玉盘珍羞直万钱。停杯投箸不能食，拔剑四顾心茫然”，前四句描写了盛宴的场面。“金樽清酒”“玉盘珍羞”，对筵席上的美酒佳肴予以高度赞美，让人感觉这似乎是一个欢乐的宴会，素来爱酒如命的诗人在这种情境下，应当有“会须一饮三百杯”的酒兴和食欲。但紧接着“停杯投箸”和“拔剑四顾”两个细节，显示了感情波涛的强烈冲击。“停杯”，尤其是“投箸”这个动作，表现的是一种说不出的悲愤和失落，接着“拔剑茫然”这一动作，更增加了这种感觉。当年鲍照也曾“对案不能食，拔剑击柱长叹息”，然而诗人的悲苦比他还要深，诗人根本无物可击，极度的悲愤无处宣泄，所以“心茫然”。“停”“投”“拔”“顾”四个连续的动作，形象刻画了诗人内心的苦闷与烦乱。

“欲渡黄河冰塞川，将登太行雪满山”，诗人用“冰塞川”“雪满山”象征人生道路上的艰难险阻，具有比兴的韵味。暗喻：一个怀有伟大政治抱负的人，不远千里，翻山越岭，历尽千辛万苦来到了大唐首都——长安，本想凭借着自身的才情和远大的政治抱负，能够被诏入朝堂，实现自己的人生理想，却不料，在有幸能够接近皇权的时候，却连皇帝的面都不能见到，更别提什么被重用的话题了。这与当年自己辞别家乡父老，“仗剑走天涯”的梦想相去甚远，所以，这不正像是来到了黄河之畔，却因河水遭遇到了冰塞，而无法渡河吗？又好像是即将去登攀太行山时，巍巍高山早已经被漫山遍野的大雪所覆盖，根本就无路可行吗！这两句既交代了“心茫然”的原因，也起到了点醒题面的作用。

“闲来垂钓碧溪上，忽复乘舟梦日边”，连用两个典故，描写的是诗人幻想中的行路不难。诗人在茫然中想到两位开始时仕途上并不顺利，而最后终于大有作为的人物：姜尚和伊尹。这两位历史人物的经历给诗人增强了信心，诗人幻想自己有朝一日也会同这两位一样，终能施展抱负。

“行路难，行路难！多歧路，今安在”，这四句节奏短促、跳跃，表达了诗人内心的彷徨、迷茫与失望，诗情在这里由浪峰跌至深谷。姜尚、伊尹的经历固然增加了诗人对未来的信心，但当他回到眼前现实中的时候，再一次感到人生道路的艰难，与前文“拔剑四顾心茫然”相照应，表现出理想破灭后，陷入迷惘情绪中的心态。

“长风破浪会有时，直挂云帆济沧海”，结尾两句运用形象的比喻，生动地表达了李白的坚定信念。经过了前面的反复回旋，到这里有一种境界顿开之感，让读者领会昂扬向上的格调。诗人准备冲破一切阻力，去施展自己的抱负。诗人的豪迈气概和乐观精神，给遇到挫折、遭遇困难、受到打击而感到前路茫然的人们一种信心、一种勇气、一股力量。

这首诗感情激荡起伏，变化多端，通过层层叠叠的感情起伏变化，既充分显示了黑暗污浊的政治现实对诗人宏大理想抱负的阻遏，反映了由此而引起的诗人内心的强烈苦闷、愤郁和不平，同时又突出地表现出诗人的倔强、自信和对理想的执着追求，展示了诗人力图从苦闷中挣脱出来的强大精神力量，给读者以极大的鼓舞。

◎轶闻异物录

终南捷径

古代人隐居的原因有很多种，有的人是不愿与官场之人同流合污，有的人是官场失利；还有一种人，其隐居的原因比较特殊，是想凭借隐居之举抬高自身声望、提升身价，以此来谋求官职。因为隐居之举容易引起官府的关注，在士人中形成影响，所以朝廷往往会任用那些假意隐居的人，以表示对人才的重视。

卢藏用就是出于这种目的，苦心孤诣地在山中混了好些年。皇帝在长安办公，他就住终南山；皇帝移驾洛阳，他就跟着跑到嵩山隐居。于是大家都知道这小子醉翁之意不在酒了，赠给他一个“随驾隐士”

的外号。后来他以隐居之举，取得了贤名，果然被唐中宗请入朝中做官，先后担任左拾遗、修文馆学士、工部侍郎等职。

当时，卢藏用和道士司马承祯交好多年，可是他们二人在兴趣志向上相差很远。有一天，司马承祯奉唐睿宗之命前往长安宫中谈道说法。临别之际，卢藏用以朋友的身份来给他送行。司马承祯向其表明了自己想退隐天台山的意愿，而卢藏用建议他隐居终南山，并说："这座山里有很多好地方，你何必远走他乡呢？"司马承祯立刻明白了卢藏用的意思，当即正色说道："在我看来，终南山只不过是通向官场的一条便捷之道罢了。"卢藏用闻言，面露愧色，感到很尴尬，甚至都不知道该说什么了。

乌夜啼[①]

黄云城边[②]乌[③]欲[④]栖，归飞哑哑[⑤]枝上啼。

机中织锦[⑥]秦川女[⑦]，碧纱[⑧]如烟隔窗语。

停梭[⑨]怅然[⑩]忆远人[⑪]，独宿空房泪如雨。

◎注释

①乌夜啼：六朝乐府旧题名，属西曲歌，多写男女离别相思之苦。

②边：一作“南”。

③乌：即乌鸦。

④欲：一作“夜”。

⑤哑哑：乌鸦的啼叫声。

⑥机中织锦：一作“闺中织妇”。

⑦秦川女：指晋朝苏蕙。据《晋书·列女传》载：窦滔妻苏氏，始平人，名蕙，字若兰，善属文。窦滔原本是秦川刺史，后被苻坚徙流沙。苏蕙把思念织成《回文旋图诗》，词甚委婉，凡八百四十字。秦川：古地名，泛指今陕西、甘肃秦岭以北平原地带，因春秋战国时期地属秦国而得名。

⑧碧纱：指绿色的窗纱。

⑨梭：织布用的织梭。

⑩怅然：因不如意而感到不痛快的样子。

⑪远人：指远在外地的丈夫。

◎译文

黄云城边的一群群乌鸦马上要归巢了，
归巢的时候它们嘤嘤哑哑啼叫个不停。
秦川姑娘正坐在织机旁用心织着锦布，
隔着碧绿如烟的纱窗和心上人说着话。
停下织梭怅然若失思念着远方的丈夫，
独自一人宿守空房时禁不住泪如雨下。

◎创作背景

这首诗当作于唐玄宗开元十八年至十九年（730年—731年），李白初次到长安时期（见郁贤皓《李白集》）。因为诗人来到长安并不如意，没有得到自己想要得到的提携举荐，心情郁闷，联想起自己漂泊在外，家中的妻子思念自己也是非常的难过，于是，塑造了一个因思念远行的丈夫，停机而流泪的秦川女形象。

但也有学者认为，这首诗作于唐玄宗天宝初年，依据是李白在天宝初年到长安，拜贺知章，贺读了他的《乌栖曲》《乌夜啼》《蜀道难》等诗后，大为叹赏，说他是“天上谪仙人也”，于是在唐玄宗面前推荐了他。

◎赏析

这首诗描写了黄昏时分的乌鸦啼叫和室内织锦女的一系列动作神情，表达了思妇对远在外地的丈夫的怀念之情。

“黄云城边乌欲栖，归飞哑哑枝上啼”，开头两句写景，描写了室外的乌鸦。“黄云城边”带出一种黯淡、昏沉的氛围，同时又用“哑哑”描绘乌鸦啼叫，使得氛围更加凄切。诗句起首便绘出一幅秋林晚鸦图，在有声有色的自然景物中蕴涵了无数的愁情思绪。正是这凄清的环境触发了女子的愁思，同时对思妇悲苦之深也有烘托的作用。

“机中织锦秦川女，碧纱如烟隔窗语”，这两句写人物身份、身世及所处环境。诗人在这里并没有对织锦的秦川女作过多的容貌或服饰描绘，只是描写了她的动作，说她掩在纱窗后面，碎碎细语，这是一个直见人心的描写，为下句做了重要铺垫。“碧纱如烟”映衬将晚未晚的天色，为织女的身影铺上一层烟火气息。

“停梭怅然忆远人，独宿空房泪如雨”，点明秦川女的愁思及其原因。这里描写的动作是前句“隔窗语”的延伸，只不过换了一个场面。身在闺中的女子在遥忆丈夫时怅然泪下，悲愁郁结无从排解，如雨的泪也沉重地滴到诗人的心上，促使读者去想一想造成她不幸的原因。这里并未写远人的去向，更增加了相忆的悲苦。

全诗短短六句，既写景色烘托环境气氛，又描绘人物形象和心态，绘形绘声。款款淡语，浓情可见，读来让人对景伤心，泪落如雨。语言虽然不甚繁复，情感却是至深至浓。

◎轶闻异物录

苏　蕙

苏蕙，字若兰，魏晋三大才女之一，东晋武功人陈留县令苏道质的第三个女儿，约生于前秦永兴元年（357 年）。

苏若兰自幼容颜秀丽，天资聪颖，三岁学写字，五岁学读诗，七岁学作画，九岁学刺绣，十二岁学织锦。及笄之年，出落成姿容美艳的书香闺秀，提亲的人络绎不绝，但无一被苏蕙看上。十六岁那年，苏蕙跟随父亲游览阿育王寺，在寺西池畔看到有位英俊少年仰身搭弓射箭，弦响箭出，飞鸟应声落地；俯身射水，水面飘出带矢游鱼，真是箭不虚发。池岸有一出鞘宝剑，寒光闪亮，压着几卷经书。若兰顿生仰慕之情，攀谈中知此少年即是窦滔。双方父母做主，结为夫妻。

苏如兰以创作的回文诗《璇玑图》闻名。据说窦滔在苻坚当政后，觉得文才武略有了施展的机会，入仕前秦，政绩显著，屡建战功，升任秦州刺史。后因奸臣忌功嫉能，谗言陷害，被判罪徙放流沙（今新疆白龙滩沙漠一带），与妻苏蕙在阿育王寺北城门外海誓山盟，挥泪告别。苏蕙表白对窦滔忠贞不渝的爱情，等他回来团圆，海枯石烂不变心，誓死不改嫁；可是窦滔到流沙后却另寻新妇，苏蕙得知后，由思念转为郁愤。花前月下，椒房灯前，吟诵成如诉如怨凄哀婉痛的情诗，织成婉转循环锦绣文诗寄与窦滔，使夫妻关系重新和好。

乌栖曲[1]

姑苏台[2]上乌栖时[3]，吴王[4]宫里醉西施。

吴歌楚舞[5]欢未毕，青山欲衔半边日。

银箭金壶[6]漏水多，起看秋月坠江波[7]。

东方渐高[8]（hào）奈乐何！

◎注释

① 乌栖曲：六朝乐府西曲歌旧题，内容多歌咏艳情。

② 姑苏台：位于今江苏省苏州市西南姑苏山上，为春秋时吴王阖闾所建，是其子吴王夫差与西施及宫女们游乐的地方，后为吴太子友焚毁。

③ 乌栖时：乌鸦停宿的时候，这里指黄昏。

④ 吴王：即吴王夫差。夫差打败越国，纳越国美女西施，为之筑姑苏台。《述异记》载，台周环诘屈，横亘五里，崇饰土木，殚耗人力，三年乃成。内充宫妓千人，又别立春宵宫，造千石酒钟，作大池，池中造青龙舟、陈妓乐，吴王日与西施为长夜欢。

⑤ 吴歌楚舞：吴楚两国的歌舞。《晋书》：吴歌杂曲，并出江南。《汉书》：为我楚舞。

⑥ 银箭金壶：古代的计时工具。用铜壶盛水，下有小孔，水从孔中漏出。水中立有刻度的漏箭一支，用水面下降的情况，表明时间的变化。

⑦ 秋月坠江波：这里指黎明时的景象。

⑧ 东方渐高：指太阳从东方渐渐升起。高：同“皜”，光明的意思。

◎译文

姑苏台上的乌鸦鸟儿们刚刚回到巢里，
吴王宫里西施醉舞的宴饮就要开始了。
席宴上的吴地歌曲楚地舞蹈还没尽兴，

巍巍青山就遮挡了红日，夜幕已降临。
银箭上显示着金壶中的漏水还剩很多，
吴王起身看看即将坠入江波中的秋月。
天色渐明余兴未了，奈何我乐兴未艾！

◎创作背景

这首诗是李白于唐玄宗开元十九年（731年）在吴越一带漫游时所作，这里是当年吴王夫差与美女西施日夜酣歌醉舞的地方，李白怀古有感，写了这首咏史诗《乌栖曲》。其时当与《苏台览古》的创作时间相隔不久。贺知章见，叹赏苦吟，曰："此诗可以泣鬼神矣。"

《乌栖曲》是乐府《清商曲辞·西曲歌》旧题。现存南朝梁简文帝、徐陵等人的古题，内容大都比较靡艳，形式则均为七言四句，两句换韵。李白此篇，不但内容从旧题的歌咏艳情转为讽刺宫廷淫靡生活，形式上也做了大胆的创新。

◎赏析

这首诗通过描写吴王夫差与西施昼夜饮酒作乐之事，用日暮乌栖、落日衔山、秋月坠江等富于象征色彩的物象，暗示荒淫的君王不可避免的乐极生悲的下场。

"姑苏台上乌栖时，吴王宫里醉西施"，开头两句描写姑苏台的景色，陈述史实。相传当年姑苏台是吴王耗费三年人力、物力而筑成。上建春宵宫，与西施在宫中缠绵，长醉不醒。诗人没有具体描绘吴宫的豪华和宫廷生活的淫靡，而是以简练而含蕴的笔法，勾画出日落乌栖时分姑苏台上吴宫的轮廓和宫中美人西施醉态朦胧的剪影。诗人欲借古之事，言今日之思。"乌栖时"三字不仅点明了夜色将晚，也暗喻当时吴宫日暮途穷的颓败之势。"醉西施"再现了吴王当年纵情享乐的场景，这与当下的氛围形成鲜明对比，暗含乐极生悲的意蕴。

“吴歌楚舞欢未毕，青山欲衔半边日”，对吴宫歌舞是如何一番景象，诗人只是虚提一笔，以“半边日来”强调宴欢过程中时间的流逝。沉醉在欢乐歌舞中的吴王，只见轻歌曼舞，朱颜微醺。不意时间如水，西边的山峰已经吞没了半轮红日，暮色就要降临了。落日衔山的景象，与前句“乌栖时”遥相呼应，隐约现出时代没落的剪影。

“银箭金壶漏水多，起看秋月坠江波”，续写吴宫荒淫之夜。宫体诗的作者往往热衷于展览豪华颓靡的生活，李白却巧妙地从侧面淡淡着笔。铜壶漏水越来越多，银箭的刻度随之上升，暗示漫长的秋夜渐次消逝。一轮秋月在时间的流逝中坠入江中，天色已晚，黎明将至。“漏”字传神，暗示吴王不觉时间流逝。“起看”二字，不但点明景物所组成的环境后面有人的活动，暗示静谧皎洁的秋夜中隐藏着淫秽丑恶，而且揭示出享乐者的心理。他们总是感到享乐的时间太短，昼则望长绳系日，夜则盼月驻中天，因此当他们“起看秋月坠江波”时，内心不免浮动着难以名状的怅恨和无可奈何的悲哀。这正是末代统治者所特有的颓废心理。“秋月坠江波”的悲凉寂寥意象，又与上面的日落乌栖景象相应，使渗透在全诗中的悲凉气氛在回环往复中变得越来越浓重。

“东方渐高奈乐何”，结句是神来之笔，突破了《乌栖曲》旧题偶句收结的格式，变偶为奇，给这首诗安上了一个意味深长的结尾。这孤零零的一句，既像是恨长夜之短的吴王所发出的欢乐难继、好梦不长的叹喟，又像是诗人对沉溺不醒的吴王敲响的警钟。诗就在这冷冷的一问中陡然收煞，将夫差的乐极生悲之悲留给读者去想象，寓意深远。

全诗在形式上做了大胆的创新，借旧题的歌咏艳情转为讽刺宫廷淫靡生活，纯用客观叙写，不入一句贬词，但讽刺意味却很尖锐、冷峻、深刻。通篇客观写景，然讽刺的笔锋处处可见，意在笔外，妙在不说破，但兴寄深微，可谓言简味长，发人深省。

◎轶闻异物录

西施与吴国的灭亡

西施是越王勾践实施文种亡吴九术中的一件重要工具，并且是个名满天下、流芳百世的绝色美女。入吴后，夫差被她迷得神魂颠倒，春秋宿姑苏台，冬夏宿馆娃宫，整天与西施玩花赏月，鸣琴赋诗。灵岩山上有一眼清泉，夫差常让西施对泉水梳妆，他亲为美人梳理秀发。又与西施泛舟采莲，或乘画船出游，或骑马打猎，总之沉醉于美色，以姑苏台、馆娃宫为家，把国家大事丢在脑后。伍子胥求见，往往被拒之门外，惟太宰伯嚭常侍左右。因此吴王所能听到的，皆阿谀奉承之声。无数史例证明，一旦到此地步，也就离垮台不远矣。

西施既然与夫差形影不离，对于吴国的政治斗争、军事机密，也就无所不知，且伺机向越国传递她所得到的情报，以致被今天一些精于考证的史学家称为中国历史上第一个色情间谍。她挑拨吴国的君臣关系，特别是夫差与伍子胥的关系，只要稍微吹一吹枕头风，杀伤力比伯嚭说上一大堆谗言谮语不知大上多少倍。夫差赐剑令伍子胥自杀，恐怕也少不了她的一份功劳。勾践的大军能长驱直入，直抵吴国都城，让夫差无还手之力，与西施把夫差迷得晕头转向荒废军政密切相关。因此可以说，西施是勾践灭吴雪耻的功臣之一。明代西施祠有楹联云：“越锦何须衣义士，黄金祇合铸娇姿。”便是对西施在越国灭吴中的功劳的肯定。

蜀道难[1]

噫（yī）吁（xū）嚱[2]（xī），危乎高哉！

蜀道之难，难于上青天！
蚕丛及鱼凫[3]（fú），开国何茫然[4]！
尔来[5]四万八千岁，不与秦塞[6]（sài）通人烟[7]。
西当[8]太白[9]有鸟道[10]，可以横绝[11]峨眉巅（diān）。
地崩山摧壮士死[12]，然后天梯石栈[13]相[14]钩连。
上有六龙回日之高标[15]，下有冲波逆折之回川[16]。
黄鹤之飞尚[17]不得过，猿猱[18]（náo）欲度愁攀援。
青泥[19]何盘盘[20]，百步九折萦（yíng）岩峦[21]。
扪参（shēn）历井仰胁息[22]，以手抚膺[23]坐[24]长叹。
问君西游何时还？畏途[25]巉（chán）岩[26]不可攀。
但见悲鸟号（háo）古木[27]，雄飞雌从[28]绕林间。
又闻子规啼夜月，愁空山[29]。

蜀道之难，难于上青天，
使人听此凋朱颜[30]！
连峰去天不盈尺[31]，枯松倒挂倚绝壁。
飞湍瀑流争喧豗[32]（huī），

砯（pīng）崖[33]转石万壑雷。

其险也如此，

嗟尔[34]远道之人胡为乎来哉[35]！

剑阁[36]峥嵘而崔嵬[37]（cuī wéi），

一夫当关，万夫莫开[38]。

所守[39]或匪（fěi）亲[40]，化为狼与豺。

朝（zhāo）避猛虎，夕避长蛇，

磨牙吮血[41]（xuè），杀人如麻。

锦城[42]虽云乐，不如早还家。

蜀道之难，难于上青天，

侧身西望长咨（zī）嗟[43]！

◎注释

① 蜀道难：南朝乐府旧题，属《相和歌·瑟调曲》。

② 噫吁嚱：惊叹声，蜀方言，表示惊讶的声音。见《宋景文公笔记》：蜀人见物惊异，辄曰噫嘻嚱。

③ 蚕丛、鱼凫：传说中古蜀国两位国王的名字，现已难于考证。据扬雄《蜀本王纪》记载："蜀王之先，名蚕丛、柏灌、鱼凫、蒲泽、开明。从开明上至蚕丛，积三万四千岁。"

④ 何茫然：指古史传说时间久远，难以详细考察，不知道究竟该怎样去表达。何：多么。茫然：完全不知道的样子。

⑤ 尔来：从那时以来。

⑥ 秦塞：指秦时的关塞，这里指秦地，因秦地四周都是山川险阻，称"四塞之地"。

⑦ 通人烟：指人员往来。

⑧ 西当：在西边的。当：在。

⑨ 太白：太白山，又名太乙山，在长安西（今陕西眉县、太白县一带）。

⑩ 鸟道：指连绵高山间的低缺处，只有鸟能飞过，人迹所不能至。

⑪ 横绝：横越。

⑫ 地崩山摧壮士死：摧：倒塌；据《华阳国志》载：秦惠王知道蜀王好色，答应送给他五个美女。蜀王派五位壮士去接人，回到梓潼（今四川剑阁之南）的时候，看见一条大蛇进入穴中，一位壮士抓住了它的尾巴，其余四人也来相助，用力往外拽。不多时，山崩地裂，壮士和美女都被压死，这之后其山分为五岭，入蜀之路遂通。

⑬ 天梯石栈：指陡峭的山路和栈道像悬在天空中的云梯。石栈：栈道，修建在秦岭大山中异常险峻陡峭的山路。

⑭ 相：一作“方”。

⑮ 六龙回日之高标：一作“横河断海之浮云”；六龙回日：《淮南子》注：“日乘车，驾以六龙。羲和御之。日至此面而薄于虞渊，羲和至此而回六螭。”意思是传说中的羲和驾驶着六龙之车（即太阳）到此处便迫近虞渊（传说中的日落处）。高标：指蜀山中可作一方标识的最高峰。

⑯ 回川：有漩涡的河流。

⑰ 尚：尚且。

⑱ 猿猱：蜀山中最善攀缘的猴类。猱：指母猴。

⑲ 青泥：青泥岭，在今甘肃徽县南，陕西略阳县北。《元和郡县志》：“青泥岭，在兴州长举县西北五十三里接溪山东，即今通路也。悬崖万仞，上多云雨，行者屡逢泥淖，故号为青泥岭。”

⑳ 盘盘：曲折回旋的样子。

㉑ 萦岩峦：指道路随着山势而盘旋环绕。萦：盘绕；峦：指山形长狭险峻的山峰。

㉒ 扪参历井仰胁息：古人把天上的星宿分别指配于地上的州国，叫作“分野”，以便通过观察天象来占卜地上所配州国的吉凶。参、井是二星宿名，参星为蜀之分野，井星为秦之分野。扪：用手摸。历：经过。胁息：屏气不敢呼吸。

㉓ 膺：胸。

㉔ 坐：徒，空。

㉕ 畏途：可怕的路途。

㉖ 巉岩：险峻陡峭的山壁。

㉗ 号古木：在古树木中大声啼鸣。

㉘ 从：跟随。

㉙ “又闻”二句：一本断为“又闻子规啼，夜月愁空山”。

㉚ 凋朱颜：红颜带忧色，如花凋谢。凋：使……凋谢，这里指脸色由红润变成铁青。

㉛ 连峰去天不盈尺：一作“入烟几千尺”；去：距离。盈：满。

㉜ 喧豗：喧闹声，这里指急流和瀑布发出的巨大响声。

㉝ 砯崖：水撞石之声。砯：水冲击石壁发出的响声，这里作动词用，冲击的意思。

㉞ 嗟尔：相当于“哎呀你”。嗟：感叹声。尔：你。

㉟ 胡为乎来哉：相当于“为什么要来蜀地呀”！胡：为什么。来：指入蜀。

㊱ 剑阁：又名剑门关，在四川剑阁县北，是大、小剑山之间的一条栈道，长三十余里。

㊲ 崔嵬：用以形容山势高大、雄峻的样子。

㊳ 一夫当关，万夫莫开：比喻易守难攻之地。《文选》卷四左思《蜀都赋》：“一人守隘，万夫莫向。”《文选》卷五十六张载《剑阁铭》：“一人荷戟，万夫趑趄。形胜之地，匪亲勿居。”一夫：一人；当关：守关；莫开，不能打开。

㊴ 所守：指把守关口的人。

㊵ 或匪亲：倘若不是可信赖的人。匪：同“非”。

㊶ 吮血：吸血。

㊷ 锦城：成都在古代以产棉闻名，朝廷曾设官于此，专收棉织品，故称锦城或锦官城。《元和郡县志》：“锦城在县南十里，故锦官城也。”

㊸ 咨嗟：叹息。

◎译文

哇！多么高峻，多么峭险啊！

攀越蜀道，其难度真是比登天还难呀。
传说蚕丛和鱼凫建立了蜀国，
然而开国的年代实在久远，已无法详谈。
从古至今四万八千年，秦蜀二地从不互通人烟。

西边太白山尽是险峰，只有飞鸟能够通行，
可由此直抵峨眉山巅。
直至“五丁开山”，
秦蜀两地才有天梯栈道互通路途。
上有挡住羲和六龙车的山巅，
下有迂回曲折的山川激流。
善于高飞的黄鹄尚无法飞过，
即便是猢狲想要越过这蜀道也愁于攀援。
青泥岭绕着山峦盘旋，迂回曲折，
于百步之内亦须多转好几个弯。
站在仰头便可触摸参、井两星宿的地方，
见到此情此景，真是不禁让人屏呼抿息，
用手抚胸，长吁短叹。
好朋友呵，请问你西游何时归家?
可怕的岩山栈道实在难以登攀!
在这儿只闻得那鸟儿在古树上声声悲鸣，
雌雄相随绕林追飞。
深夜中复闻子规鸟对着苍茫月色哀婉啼哭，
那声音回荡在空山幽谷中，令人愁情更添。

蜀道太难攀越呵，简直比登临青天还难!
单是闻之便可使人脸色突变。
山峰座座相连，离天不到一尺高，
蜀道两侧的枯松老枝在绝壁之间倒挂倚贴。
飞泻直下的瀑布争相喧闹，
水石相击的声音如万壑鸣雷。
此地状貌之艰险到如此地步，
远方来客究竟为何要到这险要之地呢?
剑阁之地的高山险峻巍峨，可高入云端。

只要一人把守，纵是千军万马也难以攻占。
驻守此地的官员若不是自己的近亲，
难免要变为豺狼，盘踞于此为非作歹。
清晨须要提心吊胆地躲避猛虎，
傍晚更得警觉防范蟒蛇。
豺狼虎豹磨牙吮血，叫人不安。
毒蛇猛兽杀人如麻，令你胆寒。
锦官城虽说是个快乐的所在，
但如此险恶之地，实在不如趁早归家。

蜀道难走呵，难于上青天。
侧身西望，真令人不免感慨长叹。

◎创作背景

《蜀道难》是李白的代表作，关于这首诗的创作时间、地点、主旨，历来争论不休。

唐玄宗开元十八年（730年），三十岁的李白，春在安陆，多次谒见本州裴长史，因遭人谗谤，上书自白，被拒。初夏，前往长安，拜谒宰相张说，结识了张说之子张垍，寓居在终南山玉真公主（玄宗御妹）的别馆。其间，李白多方投诗拜谒其他王公大臣，试图获得他们的举荐，均无果。暮秋时节游邠州（位于长安西）。冬季游坊州（位于长安北）。第二年，即开元十九年（731年），穷愁潦倒的李白继续在长安谋求入仕机会，但是，机会总是与这位大诗人无缘。初夏，离长安，经开封（今河南省开封市），到宋城（今河南省商丘县）。秋到五岳之一的中岳（河南省登封境内）。暮秋，滞留洛阳。开元二十年（732年），自春至夏在洛阳与元演、崔成甫结识。秋，自洛阳返安陆，途经南阳（今河南省南阳市），结识崔宗之。冬，元演自洛阳到安陆相访，二人同游随州（今湖北省随县）。岁末，归家安陆，构石室于安陆白兆山桃花岩，第二年春，开山田，日以耕种、读书为生活。期间，送友人入蜀，作《蜀道难》，感叹入蜀不易，担心友人路上会有意想不到的危险发生，劝告友人能不去就别去了，或是干脆早日回家，不要去冒生命危险；同时，也寄寓入仕机会难求之意。

也有学者认为：这首诗是唐玄宗天宝元年至天宝三载（742 年—744 年）李白在长安时期，为送友人王炎入蜀而写，目的是规劝王炎不要羁留蜀地，早日回归长安，避免遭到小人嫉妒而遇不测。但有人考证：开元二十三年（735 年），李白在紫极宫遇见贺知章，立刻上前拜见，并呈上袖中的诗本。贺知章颇为欣赏《蜀道难》和《乌栖曲》，其诗歌的风采令贺知章惊异，称他为“谪仙人”。由此推测，《蜀道难》应创作于开元年间而不可能是天宝年间的作品。

本书编者认为：这首诗是刚刚走出蜀地的李白，回头感叹蜀道之险，描写秦岭壮美、险峻，歌咏赞美巴蜀山水的。其中也可能有感叹人生不易，想进入仕途犹如攀登蜀道之意，但是，从诗歌内容上看，应当主要是歌颂大自然的雄奇壮丽，以及不忍心让自己的好朋友去涉险走蜀道。

◎赏析

这首诗是诗人沿用乐府旧题，以浪漫主义手法，展开丰富的想象，艺术地再现了蜀道峻险峥嵘、奇丽突兀而不易凌越的特点，以磅礴之势歌咏蜀地山川的壮秀、雄丽，充分显示出诗人的浪漫气质和热爱自然的情感。

“噫吁嚱，危乎高哉！蜀道之难，难于上青天”，开篇先声夺人，用“噫吁嚱”夸张的手法，咏叹蜀道之难；又运用想象和联想，以对比手法，和“上青天”相比较，真实而又艺术地再现了蜀道的峥嵘、险兀、雄奇，气度非凡、气势磅礴，直接把读者的灵魂带入到这首诗歌的意境之中，让你不由自主地产生读下去的强烈愿望。

“蚕丛及鱼凫”到“然后天梯石栈相钩连”，描写蜀道之难自古以来就是如此，人烟不通，普通的鸟儿都难以飞越，只有熟悉这里地势的神鸟才能从太白山的峡谷中穿行飞过。“蚕丛及鱼凫”，诗人化用诸多古老传说，追溯蚕丛、鱼凫开国以来蜀秦就与世隔绝、不相交往的漫长历史，来为蜀道之难提供历史证据，更让读者对蜀道有着切身感受，从而了解蜀道之难的历史脉络，拓宽了蜀道之难的写作空间。“峨眉巅”“地崩山摧”“天梯石栈”等等词语的使用，一下子就把读者的心提到了嗓子眼，再有“壮士死”的“死”字，以及“何茫然”“不与秦塞通人烟”这些语句，更加让人心生畏惧，眼前不由浮现出高山峻岭奇高奇险的雄伟画面。

“上有六龙回日之高标”到“以手抚膺坐长叹”，写今人对蜀道之险的感慨。“六龙回日”“黄鹤之飞”“猿猱欲度”，诗人从天上之龙写到地上之猿，突出蜀道山之高、水之湍的险峻气势，极写山势的高危，以山之高来烘托蜀路之难行。“高标”“冲波逆折”“不得过”“愁攀援”在这里着重突出蜀道攀登的艰难。“仰胁息”和“坐长叹”是诗人亲身经历后深有体会之叹。

“问君西游何时还”到“使人听此凋朱颜”，具体涉及诗人为什么要写这首《蜀道难》，原来是有朋友要穿越蜀道去西蜀。“悲鸟号”“子规啼”，是用声音来烘托凄凉的画面，读来让人不由心生悲慨。“古木”“夜月”“空山”等环境描写，是由声到色的描摹，勾画出蜀道的悲凉气氛，增强诗歌的感染力和冲击力。

“连峰去天不盈尺”到“嗟尔远道之人胡为乎来哉”，续接上面一节，继续描写蜀道上悲凉的气氛，渲染可怖而大美的蜀道环境。“连峰去天”“枯松倒挂”“绝壁”“砯崖”是视觉上的享受，“飞湍”“瀑流”“争喧豗”“万壑雷”是听觉上的享受；动静相和，声形兼备，把读者的视觉和听觉都调动了起来，“嗟尔”“胡为乎”“来哉”一系列的感叹词的运用，再一次把人的心揪了起来，不禁要为“远道之人”走蜀道而担忧了！诗人展开想象的翅膀，结合自己曾经走过蜀道时的感受，从不同的角度说明攀登蜀道将是一场无可争辩的艰难之旅，真诚劝慰朋友要三思而后行，表达出诗人对朋友的关切之情和留恋之意。

“剑阁峥嵘而崔嵬”到“化为狼与豺”，诗人笔锋一转，由描写蜀道之险峻而联想到国家的军事防御，表明诗人是一个充满忧患意识的有识之士，即使是在写一篇赞美蜀道环境艰险的诗歌，也不忘联系对国事的关心。“剑阁峥嵘”，化用西晋张载《剑阁铭》中“一夫荷戟，万夫趑趄。形胜之地，匪亲勿居”的诗句，突出这一地势的险要，将蜀道之难引申为现实时事之艰，自然、巧妙，表现出诗人是一个天马行空的浪漫主义兼现实主义风格的全能诗人。

“朝避猛虎”到“侧身西望长咨嗟”，用毒蛇猛兽、杀人如麻暗喻当地为官者凭借蜀道天险，仗着“山高皇帝远”，胡作非为，规劝友人早日离开此地。

至于本诗是否有更深的寓意，历代有各种不同看法。然而就诗论诗，不一定强析寓意。但从诗句“所守或匪亲，化为狼与豺”看，却是在写蜀地山川峻美的同时，告诫当局，蜀地险要，应好好派人防守。

全诗采用律体与散文间杂，文句参差、笔意纵横，感情强烈、豪放洒脱，一唱三叹、回环反复，通篇紧扣一个“难”字，写出了奇险壮丽的景象，又将历史、现实和神话交织在一起，充满了极其浓郁的浪漫主义色彩和现实主义机理，瑰丽而又神奇，令人心潮激荡，爱不释手，百读不厌。而诗中富有层次感和画面感的描写，此隐彼现，无论是山之高、水之急，或是林木之荒寂，连峰绝壁之险峭，皆有逼人之势，真可谓气象宏伟，境界阔大，一气呵成，不着雕痕，集中体现了李白诗歌的艺术特色和创作个性，被誉为“奇之又奇”的瑰丽作品。

◎轶闻异物录

蜀　道

蜀中的道路，亦泛指蜀地。唐代李白《蜀道难》诗：“噫吁嚱，危乎高哉！蜀道之难，难于上青天。”唐代温庭筠《过华清宫二十二韵》：“早梅悲蜀道，高树隔昭丘。”

古蜀道，南起成都，过广汉、德阳、罗江、绵阳、梓潼，越大小剑山，经广元而出川，在陕西褒城附近向左拐，之后沿褒河过石门，穿越秦岭，出斜谷，直通八百里秦川，全长一千公里。

广义上的蜀道，包括全国各地通往古代蜀地的道路以及蜀地范围内的道路。以成都为原点看：自成都向北，由陕入蜀的，有翻越秦岭到汉中的陈仓道、褒斜道、傥骆道、子午道（古时汉中属蜀国），有从汉中翻越大巴山入蜀的金牛道、米仓道、荔枝道（又称洋巴道），有由甘肃入蜀的阴平道；自成都向西，有连接西藏通西域的茶马古道；成都以南，有由云南入蜀的五尺道和在此基础上拓展可通向南亚的西南丝绸之路；成都以东，有自三峡溯长江而上的水道。

从狭义上说，仅包括四川境内的路段，南起成都，北止于广元棋盘关，全长约四百五十公里。狭义的蜀道，是指翻秦岭过巴山、连接陕西西安和四川成都的道路。由关中通往汉中的褒斜道、子午道、陈仓道、傥骆道以及由汉中通往四川的金牛道、米仓道、荔枝道等组成。

江夏[1]别宋之悌[2]

楚水[3]清若空，遥将[4]碧海[5]通。

人分千里[6]外，兴[7]在一杯中。

谷鸟[8]吟晴日，江猿啸晚风。

平生不下泪，于此泣[9]无穷。

◎注释

①江夏：郡名，即今湖北武昌。唐朝时属江南西道，开元间为鄂州。

②宋之悌：即初唐时著名诗人宋之问的弟弟，是李白的好友。

③楚水：指汉水汇入之后的一段长江水。

④将：与。

⑤碧海：这里代指朱鸢县，即宋之悌的贬所。今属越南，在唐代属安南都护府交趾郡，当时有朱鸢江经此入海。

⑥千里：据《旧唐书·地理志四》：交趾“至京师七千二百五十三里”，则朱鸢至江夏亦相距数千里。

⑦兴：情谊，兴致。

⑧谷鸟：即布谷鸟。

⑨泣：哭泣。

◎译文

楚地的水清澈见底似碧空澄明，直接与远处大海相连。

你我将远别相隔千里，彼此间的兴趣同在眼前这杯酒。

天晴时，布谷鸟咕咕鸣叫，夜晚江岸的猿猴悲哀嚎叫。

我一生之中从没有眼泪横流，如今却泣涕到停不下来。

◎创作背景

这首诗当作于唐玄宗开元二十年(734年)。郁贤皓曾撰此诗《系年辨疑》,考证出宋之悌乃宋之问之弟、宋若思之父,并根据宋之悌生平事迹,认定此诗作于开元二十年左右。宋之悌于开元年间历任右羽林将军、益州长史、剑南节度使及太原尹等要职,后因事被流贬到交趾(今越南河内)。宋之悌与李白交情很深,后来他儿子宋若思在浔阳帮助李白脱去被囚之灾,并为李白洗雪清白,大概也与两家世交之谊有关。这首诗,可能就是宋之悌赴交趾贬所前,李白在江夏(即今武汉市武昌)与他分别时所作,写得凄楚感人。

◎赏析

这首送别诗通过对送别环境的描写,表达了诗人对友人的深挚感情。

"楚水清若空,遥将碧海通",点明地点,描写江夏本地的风光,烘托送别的气氛。"若空"一词体现楚水之澄澈,"碧海通"是说眼前江水与碧海相通,这两句明为写景,实际上是为了暗示宋之悌的贬所,蕴含着对宋之悌远贬南海的慨叹。

"人分千里外,兴在一杯中",颔联点题,写人在千里之外,而情义却在眼前这杯酒之中。此处不言"悲"而言"兴",用"一杯"与"千里"相对,既表现出豪放洒脱的气派,又含有无可奈何的情绪。人在千里之外,而情义却在这浅浅的一杯酒中,是君子独特的饮别方式,酒虽少,但情义丝毫不轻。李白的诗句将这些言有尽而意无穷的内心思绪淋漓尽致地表现出来,堪称味外有味。前面这四句描写的景色,先由近及远,又由远及近,先是自然之景,后是人世之景,上句写乐景,下句写哀情。依依惜别之情不言而喻,这就是所谓的言在意外。

“谷鸟吟晴日，江猿啸晚风”，颈联则写眼前景，上句点出送别时的天气，下句描写江猿的啸声。诗人通过对景物的描写，完美地表达出自己内心对友人的不舍。“鸟吟”与“猿啸”，似已含有宋氏仕途显达而老境悲凉的隐喻。诗人虽然年纪尚轻，毕竟也经历了一些人生坎坷，宋氏的遭遇或许引起他自己壮志难酬之感慨。

“平生不下泪，于此泣无穷”，表现对友人的深挚感情，这是真情的爆发，尽管陡起陡落，却给读者留下了极大的遐想余地。诗人如此动情，可能是出于对宋之悌以垂暮之年远谪交趾的同情和对当朝的愤慨。

全诗大开大合，跳跃跌宕，前三联写得豪逸洒脱，最后却以悲怆沉郁作结，情调悲切，感人至深。

◎轶闻异物录

都 护 府

都护府是汉、唐等中原王朝为督察边境各民族而设置的军事机关。汉代在西域设有西域都护府，魏、西晋设有西域长史府，唐代曾设六都护府。都护府长官称为都护。

都护的职责是“抚慰诸藩，辑宁外寇”，凡对周边民族之“抚慰、征讨、叙功、罚过事宜”，皆其所统。它的出现，是唐初边疆地区民族关系发展的客观需要。许多部落自武德起就主动内附。自太宗起，唐朝先后平定了突厥、薛延陀等部，更多的边疆部族纷纷降附。唐王朝面临着如何处置众多归附部族的课题。由于数百年民族联系的不断加强、友好往来的不断增长以及唐初统治者民族偏见较少，唐太宗将治理内地的经验推广到周边，于少数民族地区列置州县，使各部首领管理本部。为管理这些州县，唐王朝又仿汉代西域都护府的建制在民族地区设置都护府。这项制度对后世产生了非常深远的影响。

春夜洛城[1]闻笛

谁家玉笛[2]暗飞声[3]，散入春风满[4]洛城。

此夜曲中闻[5]折柳[6]，何人不起故园情[7]。

◎注释

①洛城：即洛阳城，今河南省洛阳市。在唐代是一个很繁华的都市，时称东都。

②玉笛：笛子的美称。

③暗飞声：因笛声是在夜间传来，所以说是“暗”。

④满：这里是作动词用，传遍的意思。

⑤闻：听见，听到。

⑥折柳：汉乐府古曲，即《折杨柳》笛曲，多抒发惜别怀远的感情。

⑦故园情：对家乡的怀念。故园：指故乡，家乡。

◎译文

从谁家的庭院，传出幽幽的玉笛之声？
这悠悠笛声融入春风中飘满了洛阳城。
旅居的客人，夜晚听一曲《折杨柳》，
什么人能不顿生那怀念故乡的深情啊！

◎创作背景

这首诗作于唐玄宗开元二十二年至二十三年（734年—735年）间，是李白游洛城（即洛阳）时所作。由于家庭的缘故，李白不能应常举和制举以入仕途，只能走献赋谋仕之路，开元二十二年（734年）春，三十四岁的李白为了更方便结识达官贵人帮助其投诗献赋，客居在洛阳，夜里听到笛声而触发故园情，写下此诗。

春夜洛城闻笛

◎赏析

这首诗通篇写笛声优美动人，表达了诗人客居洛阳夜闻笛声的思乡之感。

“谁家玉笛暗飞声，散入春风满洛城”，描写笛声随春风而传遍洛阳城。起句即从笛声落笔。一个“暗”字，不见其人而闻其声，不经意间打动了很多人。而“暗飞”则意在说玉笛之声，声声入耳。春宵人静，闻笛声悠扬，已引入诗人的幽绪。“散入春风满洛城”是艺术的夸张。在诗人的想象中，这优美的笛声飞遍了洛阳城，仿佛全城人都听到了，“散入”有如神来之笔，和“春风”有极好的暗合之处，笛声在春风的助力下传遍全城，为诗人的夸张找到了生活的依据。而春夜发出的故园幽思，别于暮秋或隆冬，轻快如细风拂面，有着淡淡的乡愁。

“此夜曲中闻折柳，何人不起故园情”，这两句抒发了诗人自己的情怀。笛声触动了诗人思乡的情怀，于是第三句点出《折杨柳》曲。这一句的修辞很是讲究，不说听了一支折柳曲，而是说在乐曲中听到了《折柳》。“折柳”既指曲名，又不仅指曲名。古人的习俗是送别时要折柳，盼望亲人归来时亦折柳，因为“柳”和“留”同音，所以折柳送行以表别情。它能唤起人心底的回忆，使蕴藏在心底的乡情重新激荡起来。而《折杨柳》曲音哀怨幽咽，哪个人能不被引发思念故乡家园的情感呢！末句水到渠成而戛然而止，因而余韵袅袅，令人回味无穷。

全诗扣紧一个“闻”字，抒写自己闻笛的感受，合理运用想象和夸张，条理通畅，感情真挚，余韵无穷。

◎轶闻异物录

笛的历史影响

笛，是古老的传统乐器，也是传统乐器中最具代表性最有民族特色的吹奏乐器。在中国古代的文字记录中，它被古人寄予了治国安邦的神圣愿望。

笛的文字理解与《乐记》中所表达的音乐思想似乎一致。《风俗通》:“笛，涤也。所以涤邪秽，纳之雅正也。长尺四寸，七孔。”《乐书》:“笛之涤也，可以涤荡邪气出扬正声，七孔，下调，汉部用之。盖古之造笛，剪云梦之霜筠，法龙吟之异韵，所以涤荡邪气，出扬正声者也，其制可谓善矣。”可见笛的“涤荡邪气”或“涤邪秽”内涵，与中国古代宫廷雅乐的功能殊途同归。因此，在中国古代，笛的存在、笛的演奏与应用，在宫廷雅乐乐种中，均有明显而突出的位置。

中国笛，如果以河南舞阳出土的“骨笛”标本作为源头的话，那么已有八千多年的历史了，它从古到今流动出的乐波，曾把千千万万百姓的耳朵，规范在具有华夏民族特色的社会审美习惯之内，促使每一个中国人客观而清醒地认识自身。

太原[①]早秋

岁落[②]众芳歇[③]，时当大火[④]流。
霜威出塞[⑤]早，云色渡河秋。
梦绕边城月，心飞故国[⑥]楼。
思归若汾水[⑦]，无日不悠悠。

◎注释

①太原：即现在的山西省省会，别称并州，古称晋阳、龙城。

②岁落：表示光阴流逝。

③众芳歇：花草已经凋零。

④大火：星名，即心宿，中国神话中的二十八宿之一。这颗星每年夏历五月的黄昏出现于正南方，位置最高，六、七月开始向下行，故称“流火”。时当大火流，即时当夏历七月之后。

⑤塞：关塞，指长城。李白北游曾到雁门一带的关塞上。

⑥故国：代指家乡。当时李白家在湖北安陆。

⑦汾水：即汾河，黄河的第二大支流，发源于山西宁武县管涔山，经山西中部、南部入黄河。

◎译文

日月如梭，韶光易逝，美丽的花儿相继纷纷凋落，
当太阳向西方移动时，也该是炎暑消退的日子了。
塞外的秋天来得真早，寒霜已在这里尽情地撒野，
黄河以北广大地区，早已呈现出一派清秋的景象。
梦里梦外，环绕着我的，都是这边城皎洁的月色，
我的心早已飞回家乡，似乎已在登临故国的城楼。
想要归家的念头就像这里滔滔不绝的汾河水一样，
没有一天，也没有一刻，不像悠悠河水荡在心头。

◎创作背景

唐玄宗开元二十三年（735 年），李白三十五岁。这年夏季与友人元演越太行同来太原，意欲攀贵以求闻达，然而辗转三晋，历时半载，终未能得到实现抱负的机会。身在他乡又不得志，随着年岁日增，李白心生归乡之意，于是在秋季写下了这首怀乡之作。

◎赏析

这首诗描写了早秋的自然环境，表现了诗人羁旅他乡时刻思念家乡与亲人，表达了渴望归乡的急切心情。

“岁落众芳歇，时当大火流”，开篇点明所处的时节。“众芳歇”一词表明花儿已凋落，在自然界中，花草逢春荣、遇秋衰，是自然规律。“大火”点出时节乃旧历七月。于是，诗歌的开头两句，借自然景物，含蓄地点明诗歌所写季节是早秋。

“霜威出塞早，云色渡河秋”，承上联，直接描写太原早秋的物候变化。塞外的早霜已经显出其威烈，天上的云也是渡河色变，一派秋天肃杀之景。“歇”“流”“出”“渡”，四个动词将秋天到来时的季节变化写得活灵活现，甚至被赋予人格特征。在这两句中，诗人还运用了镶嵌的修辞手法，也就是在两句末镶嵌了“早”“秋”两字，巧妙点题。所谓镶嵌的修辞手法，谭永祥教授在《汉语修辞美学》中说过：“将特定的字、词镶嵌在特定的文句中，以便收到多种表达效果，这种修辞手法叫‘镶嵌’。”同时又说：“将特定的字、词置于句首或句尾者叫‘镶’，置于句中者叫‘嵌’。”这种修辞手法的表达效果不但具有突出和强调意义的作用，而且使文章增强趣味性和感染性。标题中的“早秋”在这一联的诗句中得到形式和内容上的照应，而且把两句通过“早”和“秋”

联系起来，不但强调了诗人所描绘的“早秋”景色特点，而且在形式上得到照应，形成对偶，构成一个完整的整体。

“梦绕边城月，心飞故国楼”，转入对家乡亲人的思念。前句写的是梦境，含蓄地表示诗人正处在异域他乡，后句则写梦醒之后对故乡的思念，形式上相对，意义上层层递进，将诗人的思乡之情和盘托出。而“边城月”和“故国楼”已和前诗所写风景有大不同，更显诗人心头之虚晃与飘渺，因而景色也有如梦似幻之感。“飞”字则突出了诗人急于回乡的迫切之感。

“思归若汾水，无日不悠悠”，结尾借物抒情，借流水抒发思乡之情。“悠悠”本就是忧郁的意思，但也有情悠悠、思悠悠之意。诗人以汾河之水比喻其思归之情的绵长无尽，生动形象地表达了自己思归不断的情怀。

这首诗设喻新奇巧妙，结构严整，感情真挚。在艺术手法上，以水寓情，虽心绪不高，却格调高逸，且带有边塞诗风的雄健，是李白人格的外在映现。

◎轶闻异物录

汾河之旅

唐玄宗开元二十三年 (735 年)，李白在太原盘桓了两个多月，不觉就到了秋天。太原的秋天来得很早，阴历七月大火星流向西方的时候，这里便西风乍起，花叶飘零，草木晨霜，秋云纤卷。“多情自古伤离别，更那堪冷落清秋节”，李白殷切地思念起远在湖北安陆的妻儿，妻子许氏身体不好，女儿平阳还在襁褓之中，山河远隔，音茫信杳，不知她们现在怎么样了？在冷月高挂的不眠之夜，听着汾河澎湃的涛音，他写下了如下的诗句：“岁落众芳歇，时当大火流。霜威出塞早，云色渡河秋。梦绕边城月，心飞故国楼。思归若汾水，无日不悠悠。”写毕，又在前面加了“太原早秋”四字。李白想走，元演和他的父亲元老将军却执意挽留。他们说：现在正是围猎和放鹰的最佳季节，你这位豪放的诗人怎能错过这样的机会……再说咱们还有许多朋友没有见呢，你怎能这样匆匆地离开？李白见友人这样诚恳、真挚，便暂时打消了回家的念头。

不久，他就在汾河之滨的一片旷野上，欣赏了围猎与放鹰并举的奇观。那一天，府尹元公亲自披挂上阵，这位矍铄的老将控弓如满月，飞箭似流星，在落日熔金篝火窜空的猎场上纵横驰骋，弦响处兔扑鸢落。李白从未见过这般情景，他看得出了神，几乎屏住了呼吸，一串精彩的诗句便如源源泉水涌出："太守耀清威，乘闲弄晚辉。江沙横猎骑，山火绕行围。箭逐云鸿落，鹰随月兔飞。不知白日暮，观赏夜方归。"这几行诗刚刚诵完，李白又看见彩霞缭绕的天空有一只如雪的白鹰，箭一般飞来。它乘着秋风一下子窜上云霄，然后在空中盘旋，盘旋……忽然俯冲下来抓起一只野兔，高叫着飞回元演面前。原来此鹰乃府君所养，每到秋高气爽的八月都带它到郊外放飞，这次是专门来给李白表演的。李白爱抚地摸着它的羽毛，再一次让它飞出去，就在这一收一放间，一首绝妙的诗句又涌上心头："八月边风高，胡鹰白锦毛。孤飞一片雪，百里见秋毫。"在骑马归来的路上，李白乘兴将两首诗给并辔而行的府尹和元演吟咏出来，他们都击节赞赏李白的诗才：怎么能成得这样快，这样好，这样生动、准确，令人回味。

将（qiāng）进酒[①]

君不见[②]黄河之水天上来[③]，奔流到海不复回。
君不见高堂[④]明镜悲白发，朝如青丝[⑤]暮成雪[⑥]。
人生得意[⑦]须尽欢，莫使金樽空对月。
天生我材必有用，千金散尽还复来。
烹羊宰牛且为乐，会须[⑧]一饮三百杯。
岑夫子，丹丘生[⑨]，将进酒，杯莫停[⑩]。
与君歌一曲，请君为我倾耳听[⑪]。
钟鼓馔（zhuàn）玉[⑫]不足贵，但愿长醉不复醒[⑬]。
古来圣贤皆寂寞，惟有饮者留其名。
陈王[⑭]昔时宴平乐（lè），斗酒十千恣[⑮]欢谑（xuè）。
主人何为言少钱[⑯]，径须沽[⑰]取对君酌。
五花马[⑱]，千金裘[⑲]，呼儿将出换美酒，与尔同销万古愁。

◎注释

①将进酒：将，请；这里是请饮酒的意思。乐府古题，原是汉乐府短箫铙歌的曲调。一般以饮酒放歌为主要内容。

②君不见：乐府诗常用作提醒人语。

③天上来：因黄河发源于青海省青藏高原的巴颜喀拉山脉，地势极高，故有此称。

④高堂：房屋的正室厅堂。一作“床头”。

⑤青丝：比喻柔软的黑发。一作“青云”。

⑥成雪：一作“如雪”。

⑦得意：适意高兴的时候。

⑧ 会须：正应当。

⑨ 岑夫子，丹丘生：岑夫子，岑勋。丹丘生：元丹丘。二人均是李白好友。

⑩ 杯莫停：一作“君莫停”。

⑪ 倾耳听：一作“侧耳听”。

⑫ 馔玉：形容食物如玉一样精美。

⑬ 不复醒：一作“不用醒”，一作“不愿醒”。

⑭ 陈王：指陈思王曹植。

⑮ 恣：纵情任意。

⑯ 言少钱：一作“言钱少”。

⑰ 沽：通“酤”，买。

⑱ 五花马：指名贵的马。一说毛色作五花纹，一说颈上长毛修剪成五瓣。

⑲ 千金裘：《史记》：“孟尝君有一狐白裘，直千金，天下无双。”

◎译文

你可见黄河水自天而流，波涛滚滚奔向东海不复回头。
你可见高堂明镜中的苍苍白发，也是早如青丝暮如雪。
人生得意时要纵情享受，别让酒杯空对着皎皎的明月。
上天造就我必是要有一番重用，千金散尽还会再来的。
煮羊宰牛是为了尽情欢乐，一口气喝个三百杯也不多。
岑夫子啊、丹丘生啊，快快，我们一同畅饮，不要停。
今天我要为在座的朋友高歌一曲，请你一定侧耳细听。
钟乐美食的富贵我不稀罕，只愿沉醉美酒中不再醒来。
自古圣者仁人都寂静无声，惟善饮的人留下传世美名。
当年陈王曹植在平乐观设宴，斗酒万钱也要开怀豪饮。
主人说钱不多吗？你尽管拿酒来让我陪朋友一醉方休。
管它是什么名贵的五花马，还是价值千金的雪狐皮裘，
快叫侍儿拿去，换成美酒，让我与你同销这万古情愁。

◎创作背景

关于这首诗的写作时间，有学者认为是唐玄宗开元二十四年

（736 年），三十六岁的李白在春季由太原经洛阳到达安陆。岑勋千里寻访李白至嵩山，元丹丘请李白再至嵩山相会，写有《酬岑勋见寻就元丹丘对酒相待以诗见招》，所以，这著名的乐府诗《将进酒》中有“岑夫子，丹丘生”，应当作于此时。

但也有学者认为：这是李白失意之时的诗作，应写于天宝三载（744 年）之后，此时四十四岁的李白不再受唐玄宗青睐，夏季，李白到东都洛阳，与好友元丹丘和岑勋相聚在元丹丘隐居地嵩山，纵酒高歌，写作此诗，抒发其失望的忧愤和深广的人生感慨。而黄锡珪在《李太白编年诗集目录》中则认为“系于天宝十一载（752 年）”。具体创作时间待考。

◎赏析

这首诗是李白沿用乐府古题创作的新诗，形象地展示了李白桀骜不驯的性格，既表现出他的自信和孤高自傲，也表现出他在政治前途出现波折后，情绪低落，纵情于诗酒的享乐心态，更在字里行间演绎着庄子的哲学理念，表示出对富贵的藐视、对金钱的鄙视。在豪饮纵情的行乐中，却也深含着怀才不遇的郁结之情、激愤之情和狂放的洒脱之情、浪漫之情，抒发了诗人怀才不遇的悲情和勇于同命运抗争的豪纵狂情。

“君不见黄河之水天上来，奔流到海不复回。君不见高堂明镜悲白发，朝如青丝暮成雪”，起笔即用了两个排比句，以其滔天的气势，冲击读者的视野和灵魂。诗人以浪漫主义的手法，从广袤的空间和易逝的时间拉开帷幕，以景写兴，其夸张手法的应用让豪迈之情喷薄而出。“君不见”的连续使用，极言人生在世，时光如滔滔黄河之水一去不回，如指尖细沙般难以把握，白发生悲，青丝成雪，尽皆是人生的无奈与悲歌。“黄河之水”在这里起到反衬作用，即以黄河的伟大与永恒映衬人类生命的渺小和脆弱。“天上来”和“不复回”具有惊心动魄的艺术感染力。“朝”和“暮”是夸张手法的运用，可说是具有巨大的感伤力量，催人奋发。

“人生得意须尽欢，莫使金樽空对月。天生我材必有用，千金散尽还复来”，诗人笔锋一转，强调人生要有拿得起放得下的心态，得意之时纵情享乐，失意之时要信心百倍，败而不馁。“莫使金樽空对月”，看似消极的心态，实则是一种政治上失落之后的无奈，也是诗人的个性使然。“天生我材必有用”，是李白的风骨，是诗人在历经了仕途挫折之后，在某种程度上超脱了个人悲情，进入一个超凡脱俗境界的心灵鸡汤。“千金散尽还复来”,十足的自信,百味的人生。其实，从整首诗的内容看，应是“千金散尽不复来”，因为，下面的“主人何为言少钱”句中的意思，似乎酒店的主人有些脸色不悦，说明此时此刻，诗人的经济状况不是那么好。所以，“千金散尽还复来”只能算是一种醉话,与“天生我材必有用”相比较,其思想境界有一定的差距。这些差距同时融在一起，只能说明：诗人的心，是矛盾着的，是无可奈何的，是起伏跌宕的。

“烹羊宰牛且为乐，会须一饮三百杯”，这两句和“人生得意须尽欢，莫使金樽空对月”基调相似。表现出诗人在其人生低谷时期放任不羁的生活状态。

“岑夫子，丹丘生，将进酒，杯莫停。与君歌一曲，请君为我倾耳听”，诗人真实地描写了自己的诗酒生活：他的酒，就是他的诗；他的诗，就是他的歌；他的歌，就是他的灵魂和人生理想；这，就是诗人最真实的状态。“将进酒”，酒逢知己千杯少，诗人已经抛开了一切人生羁绊，不但要在人生失意之时大喝特喝，而且，他还要为朋友高歌一曲。

“钟鼓馔玉不足贵，但愿长醉不复醒。古来圣贤皆寂寞，惟有饮者留其名。陈王昔时宴平乐，斗酒十千恣欢谑”，诗人开始用激越的曲调来描述其失意的人生。“不足贵”“不复醒”，表明诗人视金钱如粪土，但他在人生失意之时，却也愿长醉不复醒。“古来圣贤”“陈王昔时”，尽管嘴上说：古来圣贤皆寂寞，惟有饮者留其名，但这只是一种将内心的苦闷寄托于酒中的悲愤之情。“皆寂寞”和“恣欢谑”再一次把一个矛盾着的、痛苦着的灵魂捧出来，展示在读者面前。正因为有着这一连串急促之辞和古往今来的比对，才使得诗意中始终流动着一股不凡的魅力和光芒四射的异彩，以悲而不伤、醉而清醒的姿态“欢谑”千年。

“主人何为言少钱，径须沽取对君酌。五花马，千金裘，呼儿将出换美酒，与尔同销万古愁”，可谓时而大起时而大落，一句诗中忽张忽翕，由悲转乐、由愤激转狂放，最后结于“万古愁”，回应篇首。“言少钱”是诗人故作跌宕，引出最后一番豪言壮语。“径须沽取”栩栩如生地刻画出诗人的狂放不羁，有一种“拿——酒——来”的味道，其意境有如大河奔流，有气势，有画面。“五花马”“千金裘”，更把诗歌的气势推到了顶峰，反映出诗人的豪迈是与生俱来的，不是任何人都可以学得来的；同时，也照应了之前的“千金散尽还复来”。“换美酒”，再次照应前面的“人生得意须尽欢，莫使金樽空对月”，使曲折的诗情与纵横捭阖的豪情相一致，也为曲终的点题，提供了有力的支撑。“与尔同销万古愁”则似鬼斧神工，一笔而荡开了前面所有的激流，把诗人心中的“万古愁”洋洋洒洒，如“黄河之水天上来”，一下子都倾倒了出来！同时，“万古愁”和前面出现的一系列数字：“千金”“三百杯”“斗酒十千”“千金裘”等比起来，“万”字最大，也说明整首诗的起落、张翕、悲喜、狂放、愤激，都是围绕着最后一句的题旨“浓愁”而来的，是为发泄这汹涌的郁怒而服务的。

全诗气势豪迈，感情奔放，语言流畅，具有极强的艺术感染力，而其结构上的大开大阖，充分体现了李白七言歌行的特色，在昂扬中见隐忍，于雄浑中见悲沉，成为一座极难逾越的诗歌高峰。

◎轶闻异物录

嵩　山

嵩山岩石演变完整，太古宙、元古宙、古生代、中生代、新生代的地层和岩石均有出露，被地质学界称为“五世同堂”（在地球发展历史上，历太古代、元古代、古生代、中生代、新生代五代，习称为“五世同堂”）。嵩山地区的岩浆岩、沉积岩、变质岩的出露，构成了中国最古老的岩系——“登封朵岩”。在嵩山既有海相生物化石，也有陆相生物化石，还有古脊椎动物化石。这些古生物化石是地质和古生物演化的宝贵数据。据中外地质学家考察，在古老的太古宙时期，嵩山是一望无际的大海；在经历了二十三亿年前的“嵩阳运动”，八亿年前的“中岳运动”，五六亿年前的“少林运动”，三次大的地壳运动之后，逐渐形成了山脉，结束了地质史上的元古代，进入了古生代的寒武纪和奥陶纪；又经过约两亿年，此处地壳上升至海平面以上，因其受风化和剥蚀作用，形成了嵩山地区的含煤地层。两亿三千年前后，在中国的版图上，又发生了一次延续很长时间的地壳运动，即南北广大地区的“燕山运动”，嵩山地区受到南北方向的推挤，形成了今天的山势地貌。

春夜宴从（zòng）弟桃花园[①]序

夫天地者，万物之逆旅[②]也；光阴者，百代之过客[③]也。而浮生若梦[④]，为欢几何？古人秉烛夜游[⑤]，良有以[⑥]也。况阳春召我[⑦]以烟景[⑧]，大块[⑨]假[⑩]我以文章[⑪]。会桃花之芳园，序[⑫]天伦之乐事。群季俊秀[⑬]，皆为惠连[⑭]；吾人咏歌[⑮]，独惭康乐[⑯]。幽赏[⑰]未已，高谈转清[⑱]。开琼筵[⑲]（yán）以坐花[⑳]，飞羽觞[㉑]（shāng）而醉月[㉒]。不有佳咏，何伸雅怀。如诗不成，罚依金谷酒数[㉓]。

◎注释

① 桃花园：疑在安陆白兆山桃花岩。

② 逆旅：客舍，迎客止歇，所以客舍称逆旅。逆：迎接；旅：客。

③ 过客：过往的客人。李白《拟古十二首》其九："生者为过客。"

④ 浮生若梦：死生之差异，就好像梦与醒之不同，纷纭变化，不可究诘。

⑤ 秉烛夜游：意思是及时行乐。秉：执。《古诗十九首》其十五："昼短苦夜长，何不秉烛游。"曹丕《与吴质书》："少壮真当努力，年一过往，何可攀援！古人思秉烛夜游，良有以也。"秉：执。

⑥ 有以：有原因。这里是说人生有限，应夜以继日地游乐。以：因由，道理。

⑦ 阳春召我：和煦的春光在召唤着我。召：召唤，引申为吸引。

⑧ 烟景：春天气候温润，景色似含烟雾。

⑨ 大块：大地，大自然。

⑩ 假：借，这里是提供、赐予的意思。

⑪ 文章：这里指绚丽的文采。古代以青与赤相配合为文，赤与白相配合为章。

⑫ 序：通"叙"，叙说。

⑬ 群季俊秀：指兄弟长幼之序，即伯（孟）、仲、叔、季，因“季”排在最后，所以，一般以季代称弟。季：也是年少者的称呼，这里泛指弟弟。

⑭ 惠连：谢惠连，南朝诗人，早慧，这里以惠连来称赞诸弟的文才。

⑮ 咏歌：吟诗。

⑯ 康乐：南朝刘宋时山水诗人谢灵运，袭封康乐公，世称“谢康乐”。

⑰ 幽赏：欣赏着幽静的美景。

⑱ 高谈转清：谈论着清雅的话题。

⑲ 琼筵：华美的宴席。

⑳ 以坐花：因为喜爱这里的花。以：因为。坐：喜爱。

㉑ 羽觞：古代一种酒器，作鸟雀状，有头尾羽翼。

㉒ 醉月：因月色而陶醉，因开心而醉倒在月光下。

㉓ 金谷酒数：意思是如果宴会中的某人写不出诗来，就要按照古代金谷园的规矩罚酒三觞。金谷：园名，晋代石崇于金谷涧（在今河南洛阳西北）中所筑，他常在这里宴请宾客。其《金谷诗序》：“遂各赋诗，以叙中怀，或不能者，罚酒三斗。”后泛指宴会上罚酒三杯的常例。

◎译文

天地，是世间万物的客舍。光阴，是古往今来的过客。而人生浮泛，死生的不同，就仿若梦与醒的差异，其纷纭变幻之多端，不可穷究。人有生之年能得到多少欢乐呢？古人夜间手持蜡烛游玩是有原因的，他们不过是懂得了人生短暂、光阴易逝的道理。况且春天用艳丽的景色召我唤我，大自然更是把各种美好的形象赏赐与我，给我诗意和灵感。和友人们相聚在桃花飘香的花园中，畅谈兄弟间快乐的往事。弟弟们英俊秀气，个个都有谢惠连那般的才情，而我作诗吟咏，却自愧不如谢灵运。清雅的赏玩兴致正浓，高谈阔论渐转向清言雅语。摆开筵席坐赏名花荟萃，快速地传递着酒杯恨不能醉倒在月光之中。没有绝佳的诗词，怎能抒发高雅的情怀？假如有人作诗不成，就要按照当年石崇在金谷园宴客赋诗的先例，罚酒三杯。

◎创作背景

唐玄宗开元二十年（732 年），李白三十二岁，自春历夏在洛阳与元演、崔成甫结识。秋，自洛阳返安陆，途经南阳（今河南省南阳市），结识崔宗之。冬，元演自洛阳到安陆相访，二人同游随州（今湖北省随县）。岁末，归家安陆，构石室于安陆白兆山桃花岩，第二年春，开山田，日以耕种、读书为生活。所以，这首诗应作于开元二十一年（733 年）春，李白闲居在安陆白兆山桃花岩时期。

◎赏析

这是一篇短小精悍、词情慷慨的作品，生动记述了和众兄弟在春夜饮酒赋诗的情景。

“夫天地者，万物之逆旅也；光阴者，百代之过客也。而浮生若梦，为欢几何？古人秉烛夜游，良有以也”，以议论开头，书写光阴易逝，人生如梦，所以应该及时行乐。“古人秉烛夜游”，既点明具体时间，也照应了题目“春夜宴”。

“况阳春召我以烟景，大块假我以文章。会桃花之芳园，序天伦之乐事”，用递进叙述的方式交代此次宴会的原因。“召我”“假我”都是在为自己“秉烛夜游”找借口。“烟景”“桃花”“芳园”，极写阳春三月，柳絮飘烟，桃花妍妍，桃林如霞，满园春色的迷人景象。“会桃花”“序天伦”，一“会”、一“序”，把人们在此列筵布宴、纵酒寻欢的场景描写得热闹非凡，好似一场青春的盛会、桃花的盛宴，透着青春的热浪，透着浓浓的诗意，也透着亲情的宝贵和生命的张力。

“群季俊秀，皆为惠连；吾人咏歌，独惭康乐”，诗人以南朝诗人谢灵运的族弟谢惠连比他的几位从弟，自然就是以谢灵运自比了；而人物如此俊秀，谈吐自然也是不凡，从而引出下文。

“幽赏未已，高谈转清”，实写夜宴的内容并非是为了吃吃喝喝，而是“赏”和“谈”，看似双线并行，实则前宾后主，而“赏”的对象，即前面所写的“阳春烟景”“大块文章”和“桃李芳园”;“谈”的内容，既有时事“高谈”，也有“天伦乐事”之“清”谈。一个“幽”字，既神秘又把聚会的范围缩小到了“家事”“家人”的框架之内，可谓其乐融融，其景美美，以美景烘托乐事，以幽赏助长高谈，从而把欢乐的激情推向了高潮。

“开琼筵以坐花，飞羽觞而醉月”，交代这次设宴的原因是因为大家喜爱这里桃花盛开的美景，不忍心让美丽的桃花凋谢之后再去后悔没有及时欣赏它们；同时，也特意交代了这一次的“秉烛夜游”，不仅仅是桃花开得正艳，而且是一个满月之夜，皎洁的月色让人无法拒绝这美好的春夜，所以，诗人和一帮小弟团聚在一起，赏花、赏月、饮酒、作诗，浪漫而温馨。诗人最后集中笔墨描写“春夜宴桃李园”，再一次把欢乐的浪潮推到洪峰激起的高度。“月”乃“春夜”之满月；“花”乃“桃李”之盛花；兄弟相会，其乐融融；花月交辉，幽赏高谈，其趣无穷。“开琼筵”，月光照耀下的宴席，朦胧而美好；桃花树下的夜宴，一如月宫中的“琼花筵”，场面浪漫、奢华而如在仙境之中。“飞羽觞”，喝酒也是有规矩和游戏规则的，一个“羽”字，让人不由联想到了“飞花令”游戏；诗人用了个“飞”字，生动地把兄弟们痛饮狂欢的场景表现得淋漓尽致，既文雅又热闹。“醉月”，既是为月之皎洁而醉，也是因兄弟间的开心畅谈而醉在月光之下。诗人就是诗人，无论何时，都会把诗歌的对仗关系理顺:“开”对“飞”，“坐”对“醉”，“花”对“月”，无不显示出诗仙的本色。

这篇骈文，骈中有散，韵中有情；句式灵活，情意浓郁；

清丽洒脱，开阖跌宕。全文仅一百九十个字，却感叹了天地之广大、光阴之易逝、人生之短暂、欢乐当及时，展示了春夜欢叙的情景，交织着诗人热爱生活、纵情逸兴的豪情，显示了唐代骈文向散文过渡的迹象。

◎轶闻异物录

金谷酒数

典出石崇《金谷园诗序》：“余以元康六年（296年），从太仆卿出为使，持节监青、徐诸军事征虏将军。有别庐在河南县界，金谷涧中，去城十里，或高或下，有清泉茂林，众果竹柏，药草之属。金田十顷，羊二百口，鸡猪鹅鸭之类，莫不毕备。又有永礁鱼池土窟，其为娱目欢心之物备矣。时征西大将军祭酒王诩当换长安，余与众贤共送往涧中。昼夜游宴，屡迁其坐，或登高临水，或列坐水滨，时琴笙筑，合载车中，道路并作。及住，令与鼓吹递奏，遂各赋诗，以叙中怀，或不能者，罚酒三斗。如诗不成，罚以金谷酒数。”清人陈忱《水浒后传》第四十回：“诸位中有能诗的，各自做来；如不能者，罚依金谷酒数。”

白田[1]马上闻莺

黄鹂[2]啄紫椹[3]，五月鸣桑枝。

我行不记日，误作阳春时。

蚕老[4]客未归，白田已缫（sāo）丝[5]。

驱马又前去，扪心[6]空自悲。

◎注释

① 白田：古地名，位于今江苏扬州宝应县。

② 黄鹂：鸟名，即黄莺。

③ 椹：桑树的果实。生时为青色，成熟时为紫色。

④ 蚕老：相传蚕足于桑叶，三俯三起，二十七日而老。

⑤ 白田已缫丝：一作“吴人欲缫丝”。缫丝：将蚕茧抽出蚕丝的工艺。原始的缫丝方法是将蚕茧浸在热水中，用手抽丝，卷绕于丝筐上。

⑥ 扪心：指抚摸胸口，表示反省的意思。

◎译文

黄鹂鸟开开心心地啄食着紫色的桑椹，
在树枝上欢快地鸣叫，看来已是五月。
我实在是记不清自己离开家乡多久了，
还误认为现在正是阳春三月的时节呢。
桑蚕已老去，游子远游在外迟迟未归，
白田这里养蚕的人家开始抽新的蚕丝。
我驱赶着马儿，漫无目的地继续前行，
前路一片茫然，唯抚胸长叹空自悲怜。

◎创作背景

这首诗是唐玄宗开元二十七年（739年），三十九岁的李白在江淮之间漫游时所作。李白是一个具有远大政治理想的诗人，他青年时代就“仗剑去国，辞亲远游”，意在仕途上有所发展和成就。但是，尽管他北游河洛，东临齐鲁，南下江浙，足迹几及半个中国，仕途却一直不顺利，这使他感到十分悲凉和愤慨。

◎赏析

这首诗描写的是初夏风景，诗人选取了黄莺、桑树、蚕三个日常生活中常见的事物，在结尾收笔联系深层的现实，表达了诗人怀才不遇、报国无门的情绪，以及羁旅的愁苦和对家乡的思念，文字浅显，构思独具。

“黄鹂啄紫椹，五月鸣桑枝”，开头两句点明五月的日常场景。黄鹂鸟、紫椹、桑树，诗人选取了乡村典型的景与物，以“啄”“鸣”等词串在一起，视听结合，色彩明丽，极具画面感，宛如一幅乡土风情画。

“我行不记日，误作阳春时”，初读这一句时，容易误以为李白是一个粗犷之人，但联合末句可知，这是为他其后描述自己心中的恍惚与怅惘做铺垫。

“蚕老客未归，白田已缫丝”，则用一种人间劳作的方式来点明时节变幻，言下之意是阳春已过，初夏来临。“蚕老”而“客未归”，可见诗人对故园的思念之情。在“客未归”“已缫丝”中，通过“未”与“已”的比照，蕴含着诗人因时光易逝所生的悲怆之感。

“驱马又前去，扪心空自悲”，尾联直抒其情，表达了诗人消沉的思绪。长期漂泊、思乡而不能归、前途迷茫，悲伤之情溢于言表。

纵观全诗，先扬后抑，借景抒情，正是桑间黄莺的啼鸣惊醒了诗人，时临收获的季节，应当珍惜年华，不能再作无目的的漫游。但是，驱马向前，扪心自问，前途如此渺茫，令诗人倍感悲凉，情与景交融，体现了一位浪漫主义诗人的博大情怀。

◎轶闻异物录

缫　丝

缫丝是将蚕茧抽出蚕丝的工艺概称。原始的缫丝方法，是将蚕茧浸在热盆汤中，用手抽丝，卷绕于丝筐上。盆、筐就是原始的缫丝器具。汉族劳动人民发明了养蚕缫丝、织绸刺绣的技术。这方面的发明，应归功于汉族的妇女。传说黄帝之妻、西陵氏之女嫘祖，教民育蚕治丝茧，以供衣服。距今约七千年—五千年前的仰韶文化遗址中已经出土纺轮，用来纺丝和麻。汉代发明纺车，初为缫丝卷线，后来用于纺棉，十三世纪传入欧洲。

送友人入蜀

见说[①]蚕丛路[②]，崎岖[③]不易行。

山从人面起[④]，云傍马头生[⑤]。

芳树[⑥]笼秦栈[⑦]，春流[⑧]绕蜀城[⑨]。

升沉[⑩]应已定，不必问君平[⑪]。

◎注释

① 见说：唐代俗语，即听说的意思。

② 蚕丛路：代称入蜀的道路。蚕丛：传说中蜀国的开国君王。

③ 崎岖：地面高低不平的样子。

④ 山从人面起：人在栈道上走时，紧靠峭壁，山崖好像从人的脸侧突兀而起。

⑤ 云傍马头生：云气依傍着马头而上升翻腾。

⑥ 芳树：代表开着香花的树木。

⑦ 秦栈：由秦入蜀的栈道。

⑧ 春流：原指春天的水流，这里指流经成都的郫江、流江。

⑨ 蜀城：即成都，也泛指蜀中城市。

⑩ 升沉：泛指世事的盛衰得失，这里指仕途的得失进退。

⑪ 君平：即严光，字君平，又名遵，东汉著名隐士，曾在成都以卖卜为生。

◎译文

我告诉你，去蜀国的道路，崎岖艰险向来不易通行。

山崖从人的脸旁突兀而起，云气在马头边不停翻腾。

葱郁的林木笼罩着秦川的栈道，春江水绕蜀城而流。

你的前程已基本确定，不必冒着生命之险到蜀地去。

◎创作背景

这首诗应作于唐玄宗天宝二年（743 年）。诗人当时受到朝廷权贵的排挤，在长安送友人入蜀时有感而发，写下此诗。

◎赏析

这首诗从送别和入蜀两方面落笔描述，是以描绘蜀道山川的奇美而著称的抒情诗，诗中既有劝导朋友不要沉溺于功名利禄之意，又寄寓诗人在长安政治上受人排挤的深层感慨。

“见说蚕丛路，崎岖不易行”，首句直接进入主题，提出送别意。诗人从蜀道之艰难开始，写入蜀的道路。语调平缓自然，平白如话，仿佛两个好友在娓娓而谈，感情显得诚挚而恳切。它和《蜀道难》以饱含激情的感叹句“噫吁嚱，危乎高哉！蜀道之难，难于上青天”开始，写法迥然不同，这里只是平静地叙述，而且还是“见说”，显得很委婉，浑然无迹。

“山从人面起，云傍马头生”，对蜀道做进一步的具体描画。蜀道在崇山峻岭中迂回盘绕，人在栈道上走，山崖峭壁宛如迎面而来，从人的脸侧重迭而起，云气依傍着马头而升起翻腾，像是腾云驾雾一般。“起”和“生”两个动词用得极妙，生动地表现了栈道的狭窄、险峻、高危，想象诡异，境界奇美，气韵飞动。

“芳树笼秦栈，春流绕蜀城”，诗人以浓彩描绘蜀道别有洞天的胜景。蜀道既有峥嵘险阻的一面，也有优美动人的地方。“笼”字是这首诗的诗眼，写得生动、传神，含意丰满。一方面，秦栈是在山岩间凿石架木而成，路面狭窄，道旁不会长满树木，“笼”字准确地描画了栈道林荫是由山上树木朝下覆盖而成的特色。另一方面，“笼”与前面的“芳树”一词相呼应，形象地表达了春林长得繁盛芳茂的景象。“笼秦栈”与“绕蜀城”相对应，构成严密工整的对偶句，前者描写山上的蜀道景致，后者写山下春江环绕成都而奔流的美景，一山一水，远景与近景，上、下配合，相互映衬，有如一幅瑰丽的蜀道山水画。这对入蜀的友人来说，无疑是一种抚慰与鼓舞。

“升沉应已定，不必问君平”，这是对友人的临别赠言，是对友人的劝诫之词。诗人了解他的朋友是怀着追求功名富贵的目的入蜀的，所以借用君平的典故，婉转地告诫友人不要沉迷于功名利禄之中，重要的是要热爱生活。可谓循循善诱，凝聚着深挚的情谊。其中又暗含诗人在长安政治上受人排挤的深层感慨。尾联写得含蓄蕴藉，语短情长。

这首诗与《蜀道难》都是写蜀地风光，都是从“传说”“见说”入题，虚拟夸说蜀道迷离神奇的色彩和点染烘托蜀道艰险诡奇的气氛，突出蜀道的难和险，之后又按由秦入蜀的时空顺序，绘声绘色，穷形尽相地描绘了蜀道山水风光雄奇峻伟、高危惊险的独有特点。然而，两诗在写法上却有很大区别。《蜀道难》充满想象与夸张，而《送友人入蜀》则比较写实。《蜀道难》着意于“难”，寓情于“忧”。《送友人入蜀》则着眼于“送别”，归结于“入蜀”，从诗旨上讲，不宜夸说渲染蜀道之险难。这首诗，语言简练朴实，分析鞭辟入里，笔力开阖顿挫，风格清新俊逸，后世誉为“五律正宗”。

◎轶闻异物录

严　光

严光，本姓庄，后人避汉明帝刘庄讳改其姓，又名遵，字子陵，会稽余姚（今浙江省余姚市）人，东汉著名隐士。

严光少有高名，与东汉光武帝刘秀既是同学，也是好友。刘秀即位后，思贤念旧，下令按照严光的形貌画像在全国查访他。司徒侯霸与严光是老相识，派人送信给严光。送信的人对严光说："侯公听说先生到了，一心想立刻就来拜访，限于朝廷的有关制度不便，所以不能来。希望能在天黑后，亲自来向你表达歉意。"严光不说话，将书简扔给送信的人，口授说："君房先生：官位到了三公，很好。怀着仁心辅助仁义天下都高兴，拍马屁看人脸色办事可就要身首异处了。"侯霸收到信看过，封好了再上奏刘秀。刘秀笑着说："这狂家伙还是老样子。"当天就亲自来到严光居住的馆舍。严光假装睡着不起来，刘秀就进了他的卧室，摸着严光的腹部说："哎呀！子陵，就不能相帮着做点事吗？"严光又假装睡着不讲话，过了好一会儿，才睁开眼睛，看了好一会，说："过去唐尧那样显著的品德，巢父、许由那样的人听说要授给官职尚且去洗耳朵。读书人本各有志，何以要到强迫人家做官的地步？"刘秀说："子陵，我竟然不能使你作出让步？"于是便上车，叹息着离开了。后来，刘秀又请严光到宫里去，谈说过去的交往旧事，两人在一起相处好多天。一次，刘秀随意地问严光："我比过去怎么样？"严光回答说："陛下比过去稍稍有点变化。"说完话便睡在一起。严光睡熟了把脚压在刘秀的肚子上。第二天，太史奏告，有客星冲犯了帝座，很厉害。刘秀笑着说："我的老朋友严子陵与我睡在一起罢了。"

后来，刘秀授其谏议大夫，严光不肯屈意接受，归隐富春山（今浙江省桐庐县境内）耕读垂钓。后人把他垂钓的地方命名为严陵濑。

月下独酌[1]

花间[2]一壶酒，独酌无相亲[3]。

举杯邀明月，对影成三人[4]。

月既[5]不解[6]饮，影徒[7]随我身。

暂伴月将[8]影，行乐须及春[9]。

我歌月徘徊[10]，我舞影零乱[11]。

醒时同交欢[12]，醉后各分散。

永结无情游[13]，相期[14]邈（miǎo）云汉[15]。

◎注释

①独酌：独自一人饮酒。酌：饮酒。

②间：一作“下”，一作“前”。

③无相亲：没有亲近的人。

④三人：一说指自己、影子和明月；一说指自己、月下人影和酒中人影。

⑤既：已经。

⑥不解：不理解、不懂得。

⑦徒：徒然，白白的。

⑧将：这里是和、与的意思。

⑨及春：趁着春光明媚的时候。

⑩月徘徊：表示明月随着我来回移动。

⑪影零乱：因起舞而影子纷乱。

⑫同交欢：一作“相交欢”，指一起欢乐的意思。

⑬无情游：月和影都是没有感情的，李白与它们结交，故称无情游。

⑭期：约会。

⑮云汉：银河，这里指遥远的天上仙境。

◎译文

在鲜花丛中摆上一壶浓香四溢的美酒，
没有亲近的人可以陪我只得独自饮酌。
举起酒杯邀请天上明月和我一同畅饮，
连同酒中之影、空中之月，刚好三人。
其实啊，月亮根本就是什么都不懂的，
只有我自己孤独的身影对我不离不弃。
暂且以明月投给我的影子紧相伴随吧，
趁此美好的春夜良宵及时行乐不后悔。
我歌唱的时候，月亮伴着我徘徊不走，
我起舞的时候，我的影子却凌乱舞动。
人在清醒的时刻要抓住时机共同欢乐，
酒醉之后就不用勉强自己，各奔东西。
但愿我在这里能永远在月下尽情漫游，
和明月定下在苍邈的天上相见的盟约。

◎创作背景

这首诗约作于唐玄宗天宝三载（744 年）。当时李白身居长安，供奉翰林，但因其性格使然，不能与当朝文武百官打成一片，其不入俗流的行为，包括让高力士给他脱靴子，经常醉酒不能及时听从唐玄宗的召唤，起草诏书时也喝得醉醺醺的，等等。李白的表现让唐玄宗异常失望，渐渐开始疏远他，李白因其政治理想不能实现，心情孤寂苦闷，写下这首诗，意在告诉自己面对黑暗的现实，不要沉沦，不要同流合污，要追求自由，向往光明，不负自己。

◎赏析

这首诗描写诗人在月夜花下独酌、无人亲近的冷落情景，表达了诗人由政治失意而产生的一种孤寂忧愁的情怀。

“花间一壶酒，独酌无相亲。举杯邀明月，对影成三人”，开篇点明月下独饮的题旨。“花间”交代出这首诗的背景，“一壶酒”交代出道具，“独酌”将人物锁定为诗人一人，场面十分单调冷清。偏偏诗人是一个不甘寂寞的人，所以拉来天上的明月和地上的影子，和自己“对影成三人”，场面顿时热闹了起来，这是“立”。在这里，诗人把寂寞的月夜渲染得不那么凄凉冷淡。

“月既不解饮，影徒随我身。暂伴月将影，行乐须及春”，第五句至第八句，从月和影上发议论，点出“行乐及春”的题意。尽管诗人如此盛情，明月毕竟是“不解饮”的。至于那影子，虽然像陶潜所说的“与子相遇来，未尝异悲悦。憩荫若暂乖，止日终不别”（见《影答形》），但毕竟影子也不会喝酒；诗人姑且暂时将明月和身影做伴，在这春暖花开之时，及时行乐。“暂”和“及春”是两个关键词，这两个词语之间联系紧密，且“春”字是逆挽上文的“花”字，感叹因为人生短暂，所以及时努力是必要的，及时行乐也是必要的。这是两个及时而不是一个。这四句把月和影之情，说得虚无不可测，推翻了前案，这是“破”。由此，诗人旷达不羁的个性和情感跃然于纸上。

“我歌月徘徊，我舞影零乱。醒时同交欢，醉后各分散”，这里描写的是诗人醉酒的状态。在酒精的作用下，诗人彻底放松，心理压力得到了释放和缓解，达到了无拘无束的地步，思维非常活跃，举止自然，对什么都不那么在意了。无论诗人是歌还是舞，月亮和影子都时刻相伴。然而人都是渴望自由的，醒时我们把酒言欢，醉后还是各奔东西吧。诗人所追求的是“君子之交淡如水”，所以不应该苛求别人和自己，无须纠缠。这里又把月光和身影，写得一往情深。这又是“立”。

“永结无情游，相期邈云汉”，诗人真诚地与月、影相约。

甚至于以后的岁月，也休想找到共饮之人，所以只能与月光身影永远结游，并且相约在那邈远的上天仙境再见。结尾两句，道尽了诗人孤独、冷清的感受。“永结无情游”句中的“无情”是破，“永结”和“游”是立，又破又立，构成了最后的结论。

这首诗，以独白的形式，自立自破，自破自立，诗情波澜起伏而又近似于天籁，所以一直为后人传诵。

◎轶闻异物录

李白三入长安

唐玄宗开元十八年，李白第一次入长安。他从安陆来到长安后，通过光禄卿许辅乾的介绍去拜访一向爱惜贤才的右丞相张说。不巧的是张说正在病中，便嘱托他的二儿子张垍接待李白。可这个二公子嫉贤妒能，他想方设法疏远李白。李白从初夏等到深秋，一直没有再见到张垍。这使李白弄清了世道：即使在圣主治下的清明时期，也是“行路难”啊。于是写下了“大道如青天，我独不得出”的诗句。

唐玄宗天宝元年（742 年）八月，玄宗诏令天下道门龙凤前来京师，已经四十二岁的李白在朋友元丹丘的推荐下接到朝廷召他入京的诏书，第二次入长安。李白以为这下终于时机来了。他只用了十天，就跨越两千余里赶到了长安。此次到长安，李白得到了玄宗的接见，也被擢为翰林大学士，让他“随时待诏”，以便为皇上“佐佑王化，润色鸿业”。天宝二年（743 年）冬季某一天，李白正在和贺知章、张旭等一帮文人在酒楼喝酒，突然接到玄宗的诏书，让他为朝廷起草出师诏。李白欣然应诏，并且在不到一个时辰的时间里，笔走龙蛇，洋洋洒洒，写下千余言，得到玄宗的称赞，玄宗甚至放言要授他中书舍人的实职。没想到第二天朔方节度使、左武卫大将军王忠嗣的一番奏谏，却让李白十分得意的“吓蛮书”成了一叠废纸。不过，“醉写吓蛮书”这件事也确实让李白施展了才华，加上多次为宫廷填词赋诗的表现和玄宗的奖掖，于是“恃才傲物”“交通外官，图谋不轨”等谗谤接踵而来，甚至连他《清平调》词中所谓“借问汉宫谁得似，可怜飞燕倚新妆”也被指斥为影射贵妃。宠臣的谗谤、奸佞的排挤，使玄宗渐渐疏远了李白。李白只能“徘徊庭阙下，叹息光阴逝”，过着放荡不羁的生活。他在写下“群沙秽明珠，众草凌孤芳，古来共叹息，流泪空沾裳”的诗句后，终于上书请求“还山”，玄宗自然“恩准”。天宝三载（744年）暮春，李白写了最后一首古风《秦水别陇首》：“秦水别陇首，幽咽多悲声……挥涕且复去，恻怆何时平？”正是在这样的心绪下，李白离开了长安。

十年之后的天宝十二载（754年），李白第三次来到长安。这次是为了向朝廷告发安禄山造反之事，同时进献济时之策，以便消除这场大乱，实现他济苍生、安社稷的夙愿。这次他和老朋友杜甫虽然经过许多努力，却始终没有见到一位有权势的朝廷官员，反而碰上朝廷正在处置“诬告”安王爷谋反的罪犯。这让李白大惊失色，遂打消了揭发安禄山、进献济时之策的念头。此年秋天，李白告别了杜甫，应从弟李昭之邀，南下去往宣城。

西岳[1]云台[2]歌送丹丘子[3]

西岳峥嵘[4]何壮哉！黄河如丝[5]天际来。

黄河万里触山动，盘涡毂（gǔ）转[6]秦地雷。

荣光休气[7]纷五彩，千年一清[8]圣人[9]在。

巨灵咆哮擘（bò）两山，洪波喷箭射东海[10]。

三峰[11]却立如欲摧，翠崖丹谷高掌[12]开。

白帝金精[13]运元气[14]，石作莲花云作台。

云台阁道[15]连窈冥[16]，中有不死丹丘生。

明星玉女[17]备洒扫，麻姑[18]搔背指爪轻。

我皇[19]手把[20]天地户[21]，丹丘谈天[22]与天语[23]。

九重[24]出入生光辉，东求蓬莱[25]复西归。

玉浆[26]倘惠[27]故人[28]饮，骑二茅龙[29]上天飞。

◎注释

①西岳：即华山，雅称太华山，在今陕西华阴县南。华山为中国著名的五岳之一，自古以来就有“奇险天下第一山”的说法。黄河在其北二十里，在山上可望见。

②云台：云台峰，华山的主峰之一。因四面悬绝，上冠景云，下通地脉，巍然独秀，有若云台，因而得名。因位置居北，所以又名北峰。

③丹丘子：即元丹丘，李白一生中最重要的交游人物之一。于颜阳、嵩山、石门山等处都有别业，曾为胡紫阳弟子，与玉真公主关系密切，并与玉真公主一道向唐玄宗推荐召李白入京。

④峥嵘：形容山的高峻突兀。

⑤黄河如丝：据《华山记》载，从华山的落雁峰“俯眺三秦，旷

莽无际。黄河如一缕水，缭绕岳下”。

⑥[illegible]思，盘旋如轮转。涡：回旋的水流。

⑦荣光休气：形容河水在阳光下所呈现的光彩，仿佛一片祥瑞的气象。语出《尚书中候》：尧即政七十载，修坛河、洛，荣光出河，休气四塞。休气，即瑞气。

⑧千年一清：古代以河清为祥瑞的象征，也以河清称颂清明的治世。黄河多挟泥沙而下，难以有清的时候。据晋代王嘉《拾遗记》载：黄河千年一清，至圣之君以为大瑞。

⑨圣人：代指当时的皇帝唐玄宗。

⑩“巨灵”二句：据《水经注·河水》载：“华岳本一山，当河，河水过而曲行。河神巨灵，手荡脚踏，开而为两，今掌足之迹，仍存华岩。”巨灵：神话传说中劈开华山的河神；擘：剖裂、剖开的意思；箭：一作“流”。

⑪三峰：即华山的东峰朝阳峰、南峰落雁峰、西峰莲花峰。

⑫高掌：即华山东峰仙人掌。王琦曰：山之东北为仙人掌，即所谓巨灵掌也。

⑬白帝金精：神话中的五天帝之一，是西方之神，华山是西岳，所以属白帝。道家以西方属金，故称白帝为西方的金精。据慎蒙《名山诸胜一览记》载：“李白诗‘石作莲花云作台’，今观山形，外罗诸山如莲瓣，中间三峰特出如莲心，其下如云台峰，自远望之，宛如青色莲花，开于云台之上也。”

⑭元气：万事万物的根源，是中国道家哲学术语，指产生和构成天地万物的原始物质。

⑮阁道：这里指栈道。山路险阻，凿石架木以通行的道路。

⑯窈冥：指极其遥远的地方。

⑰明星玉女：中国古代神话传说中的人物，据说她们住在华山上，服玉浆而白日升天。

⑱麻姑：道教神话人物，又称寿仙娘娘。传说东汉桓帝时，神仙王方平降于蔡经家，召麻姑前来，她年十八九岁，能掷米成珠，自言曾见东海三次变为桑田。据《神仙传》说她的手像鸟爪，蔡经想象，用它来搔背一定很好。

⑲我皇：这里指天帝。

⑳把：主宰的意思。

㉑ 天地户：天地的门户。据《汉武帝内传》载：王母命侍女法安婴歌《元灵之曲》，曰：“天地虽寥廓，我把天地户。”

㉒ 谈天：这里指谈论天地之道。战国时齐人邹衍喜欢谈论宇宙的事，人称他是“谈天衍”。

㉓ 与天语：与皇帝谈论、说话。天：这里代指天子、皇帝。

㉔ 九重：天的极高处，这里指天子的居处。元丹丘在天宝初年由玉真公主举荐入京，曾任西京大昭成观威仪。

㉕ 东求蓬莱：即求仙。蓬莱：东海中有蓬莱仙岛。

㉖ 玉浆：用美玉制成的浆液，传说喝了这个浆液可以成仙。

㉗ 惠：赠予的意思。

㉘ 故人：这是李白自指。

㉙ 茅龙：相传仙人所骑的神物。据《列仙传》载，仙人使卜师呼子先与酒家妪骑二茅狗，变成飞龙，升天成仙。

◎译文

西岳华山是何等的峥嵘险峻，何等的雄伟壮观，
远望黄河之水像游丝一样从高高天际蜿蜒而来。
黄河水奔腾万里，浪涛汹涌冲击而来震动华山，
漩涡像飞速的车轮，好像秦川大地上巨雷回响。
黄河的上空飘浮着五彩云气，一派祥瑞之气象，
黄河水呈千年一清的祥瑞象，有圣人要出现了。
黄河水中河神咆哮大吼，将首阳山和华山劈开，
让黄河的滔天巨流喷吐而出，直射而归入东海。
华山三峰陡峭直立、高耸入云，似乎立刻要倒，
在高高的崖月谷上，留下了巨灵神的灵异掌印。
西天上的白帝金精，运动着他神奇的真神元气，
将西峰上的石头化作了莲花，北峰化作了云台。
云台阁道直通幽冥，有位不死的神仙叫丹丘生。
明星玉女为他洒扫，神仙麻姑为他轻轻地搔背。
御驭天下的皇天大帝，与丹丘子共谈天地至道。
丹丘子出入于天宫之中，沐浴着天帝神采光辉，

丹丘子刚从蓬莱仙山归来，又要离开西去长安。
假如丹丘子的玉浆能赏赐给故人痛快一饮的话，
我将心甘情愿与您一起骑上二茅神龙飞上青天。

◎创作背景

这首诗作于唐玄宗天宝三载（744 年），李白在华山送别元丹丘归赴长安之时。当时，李白结束了他短暂的翰林生涯，被唐玄宗赐金放还，离开了长安。

◎赏析

这首诗描写了黄河的奔腾冲泻之势及华山的峥嵘秀伟，运用神话传说和驰骋的想象，使山河和诗中的人物更带有神奇的色彩。

“西岳峥嵘何壮哉！黄河如丝天际来”，起笔赞叹华山的雄奇，接着展现登山远眺所见到的黄河之雄姿。起势宏远突兀，只七个字就创造出一种浩大的声势。黄河在诗人的描述中本应是雄奇壮阔的，然而出人意料的是，诗人在这里却用了飘忽的轻笔“如丝天际来”，这与“黄河之水天上来，奔流到海不复回”是完全不同的。但妙也妙在此处，因为诗人的“视点”是在烟云缥缈的华山绝顶，从万仞之上，远眺数百里外的盘曲黄河，正有“如丝”“天际”来的奇妙感觉。而且诗人在这里描述的重点是华山，用这样的轻笔勾勒，较之于重笔渲染黄河的壮阔，更可以反衬华岳的高峻入云。

“黄河万里触山动，盘涡毂转秦地雷。荣光休气纷五彩，千年一清圣人在”，这四句描写黄河，先写河的触山动地的汹涌澎湃之势，继写河的急流盘旋成涡，声如巨雷，最后写河水在阳光下，反射出灿烂辉煌的色彩，并把它和人的命运联系起来。黄河毕竟是狂暴不羁的，在它奔腾至华山脚下的时候，就不再轻细“如丝”，简直是波山浪海了。它那蓄势“万里”的排浪，使山岳为之震撼；急浪受阻，便沸怒而折，翻卷起巨轮般转动的漩涡，发出震撼三秦的雷鸣。这景象的确惊心动魄。然而这一切都是华山尚未开辟、黄河中途受阻的虚境。诗人的思绪此刻已飞向了远古。传说大禹治水之前，华山与对岸的山峰相连一片，挡住了滚滚黄河。大禹到来以后，指挥河神巨灵，将山峦横击为二，黄河才得以畅流。那击开的两半，就是现在隔河相峙的华山和首阳山。诗中的“荣光休气纷五彩，千年一清圣人在”二句，于惊雷震荡声中，忽作舒徐悠长之音，正表现了圣人大禹降临黄河的自信之态。

“巨灵咆哮擘两山，洪波喷箭射东海”，接着这两句承上文而来，继续描写巨灵擘山的壮观一幕。在这里诗人使用拟人的修辞手法，用“咆哮”状貌巨灵擘山的盛怒，又以“洪波喷箭”描摹山分浪奔的奇景，其运笔亦如巨灵和怒浪，显示出诗人所独具的“疾雷破山、颠风簸海”（谢榛《四溟诗话》）之势。

“三峰却立如欲摧，翠崖丹谷高掌开。白帝金精运元气，石作莲花云作台”，这四句依旧承上文，描写华山奇景。这三峰被巨灵震得慌忙退立，才免于倾覆之灾；但在翠崖丹谷之上，还留下了河神凌厉的掌印。与巨灵神的悍蛮擘山、不顾而去相比，西方之帝就显得可爱多了：他仿佛要抚慰受击的山峦，竟暗运天地之气，一夜之间，将华山的顶峰，化作了一朵“莲花”，并让缭绕的白云，变为云台（即云台峰）承托着它——华山自此后便如青碧的莲花，盛开于万里白云之上。由于这里的描绘充分发挥了诗人的浪漫主义想象，并且交织着黄河的涛声骇浪和纷繁多姿的往古神话，所以显得格外壮丽和妩媚。这一切都只是为了造出一个神奇缥缈之境，为友人的“出场”做铺垫。

“云台阁道连窈冥，中有不死丹丘生”，这两句从云烟幽渺之中，勾勒友人闲步云台的姿态，使友人带有了飘飘欲仙的风神。“丹丘”，恰好也是《山海经》神话中的不死之国。所以诗人直接用“不死”二字，将他一语呼出，显得既诙谐又有情。

“明星玉女备洒扫，麻姑搔背指爪轻。我皇手把天地户，丹丘谈天与天语”，这四句是对元丹丘隐迹华山的生活的描摹。元丹丘即将去华山，即将度过的，无非是隐逸山崖的清寂岁月而已。但在诗人笔下，却化作了如梦如幻的联翩奇遇。原来互不相关的神话传说，一经诗人信手拈来，便绚烂相映、顿成化境。

“九重出入生光辉，东求蓬莱复西归。玉浆倘惠故人饮，骑二茅龙上天飞”，这四句表明了诗人想与之仙游的愿望，以艳羡的态度赞美元丹丘的西归华山。这是诗人想象自己的友人，从此将光辉闪闪地出入于九重之天，或者迅疾如飞地往返于仙境蓬莱。或许他还能像传说中的老翁一样，误入嵩山大穴，得到仙人的“玉浆”之赠。想到这里，诗人不禁向友人脱口而呼，如果你得了“玉浆”，可别忘了让我也分享一杯。到时候，我就与你像传说的汉中卜师、酒店老妇一样，骑上仙人的“茅狗”，刹那间化作飞“龙”，直上云天。悠然神往的结语，表现出诗人对神仙飞升的向往与仰慕。“云台”八句以神话故事和现实的人物并写，似幻似真，并以此愉悦元丹丘。言云台的阁道连接着高不可测的云霄之处，有明星、玉女二仙女前来洒扫，麻姑为其搔背，手爪很轻。我皇把守着九天的门户，元丹丘与天谈论着宇宙形成的问题，出入于高高的九重天上，往来于蓬莱与华山之间。

全诗以浪漫的笔法，将奇伟的山水和优美的神话巧妙结合，加以丰富的想象，把华山、黄河描绘得气象万千，雄伟无比，由此抒写大河奔腾之壮丽豪情，高山仰止之真实情感，创造出奇幻飘逸的境界，使整首诗都充盈着浪漫气息。

◎轶闻异物录

麻姑传说

据葛洪《神仙传》之“王远传”中有关麻姑的记载，东汉桓帝时，某年的七月七日，神仙王远降临在江苏吴县一个名叫蔡经的人家里。蔡经的家人早就预备好丰盛的酒菜，迎接神仙的降临。当神仙起驾的时候，人们听到了天上人马、锣鼓喧腾的声音，麻姑下凡了。只见麻姑是个十七八岁俏美的姑娘，头顶结了一个髻，剩余的长发乌溜溜地垂到了腰际，穿着光彩夺目。仙女和王远寒暄完毕后，各人拿出了携带的食物，大多数是水果、干肉之类。麻姑说:“自从上次和你见面以后，我亲眼见到东海三次变为桑田；不久前，我又去了一趟蓬莱，这地方的水，比昔日召开群仙大会时少了一半，我想，不多久，也会变成陆地吧！”麻姑忽然间叫住了蔡经的弟媳。她几天前才生下孩子，麻姑叫她拿出些米来，然后，把这些米洒在地面，结果，这些米竟变成了一粒粒丹砂。麻姑升上了天庭。这时候，天上传出了和他们下凡时同样的仙乐。

送贺宾客[①]归越[②]

镜湖[③]流水漾清波，狂客[④]归舟逸兴多。

山阴[⑤]道士如相见，应写黄庭换白鹅[⑥]。

◎注释

①贺宾客：即贺知章，唐代诗人、书法家，曾任工部侍郎、集贤院学士、太子宾客、秘书监等职。

②越：即绍兴。

③镜湖：湖泊名，即鉴湖，在今浙江省绍兴西南。

④狂客：这里指贺知章，因其晚年自号“四明狂客”，所以诗人称他“狂客”。

⑤山阴：古地名，即今浙江绍兴。

⑥黄庭换白鹅：即王羲之书写《黄庭经》换白鹅的故事。据《太平御览》卷二三八记载，王羲之很喜欢白鹅，山阴地方有个道士知道后，以自己所养的一群白鹅作为报酬，请王羲之书写道教经典之一的《黄庭经》。

◎译文

镜湖的水面微微荡漾着清波，清澈有如明镜，
四明狂客倚舟归来，几多逸兴雅性仙味十足。
家乡会稽山的道士如果遇到了辞官归隐的您，
也会抱来大鹅换取您老书写的《黄庭经》吧。

◎创作背景

这首诗应作于天宝三载（744 年），与《送贺监归四明应制》属于同一时期作品。贺知章可以说是李白的贵人，对李白有提携和知遇之恩，虽然年长于李白，但对李白的诗才却十分佩服，曾誉其为“谪仙人”，两人可以说是忘年交。这年正月，贺知章请度为道士还乡，李白当时正在长安待诏翰林，作相此诗相赠。

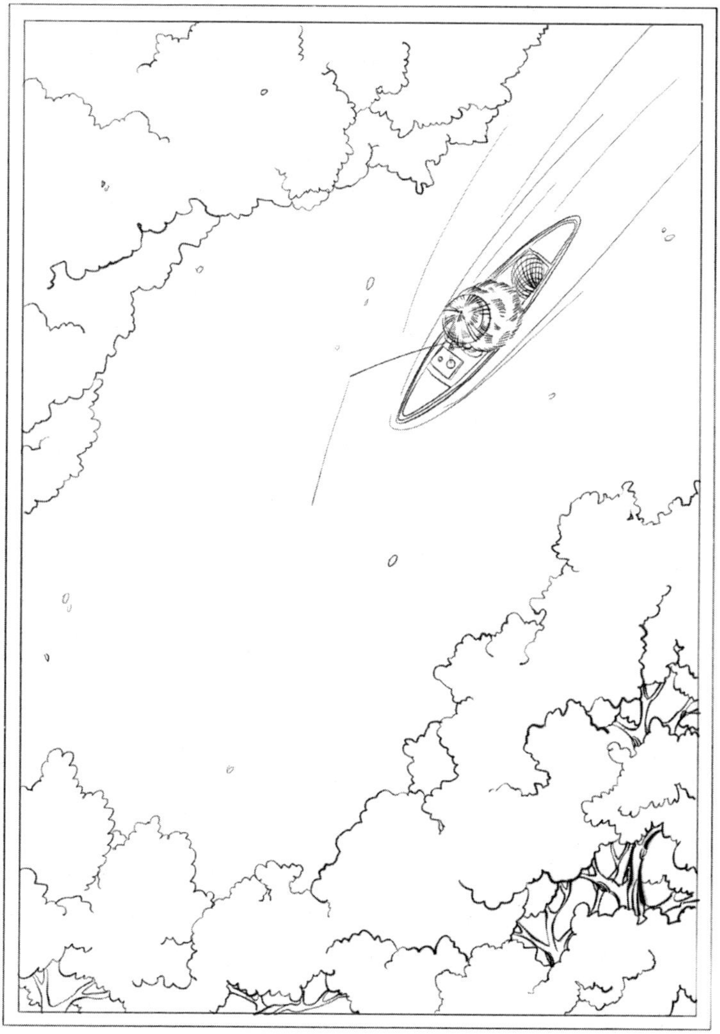

◎赏析

这是一首赠别诗，通过描写镜湖的风景和王羲之写字换鹅的故事，突出贺知章的性格特征，颇有风趣。

“镜湖流水漾清波，狂客归舟逸兴多”，这两句是想象友人回乡终日泛舟遨游镜湖的情景。诗人当时并未去过山阴，所以这里描写的景色是诗人的想象。镜湖是贺知章故乡的名胜，以湖水清澄而闻名于世，着一“清”字就突显了它的特点。“漾”字也用得巧妙，仿若湖面风起，湖水有意兴阑珊之意。诗人为了突出贺知章的性格，不再以宾客或贺监的官衔称呼他，而直称他为“狂客”，因贺知章晚年曾自号“四明狂客”。“狂客”与“宾客”虽只有一字之差，但其中却暗藏深意。贺知章是以道士的身份告老还乡的，“宾客”一词是与官衔相关的，与贺知章的道士气息不相投合，而一个“狂”字不仅除了官气，而且显示了友人豪爽的个性，明显拉近了二人的关系。

“山阴道士如相见，应写黄庭换白鹅”，以王羲之写《黄庭经》与山阴道士换鹅的故事，憧憬贺知章归乡以后的美好生活。晋代大书法家王羲之记载的兰亭盛会发生在贺知章的故乡山阴，而贺知章本人也是著名的书法家，所以诗人自然而然地想起了这个故事，并以打趣的口吻说，贺知章这次归乡，恐怕也会有道士上门求书。表面上看诗人是写王羲之的故事，实际是借以赞美贺知章书法的高超绝妙。贺知章归乡前已入道，定居山阴，所以以“山阴道士”作陪衬，寓意深刻而贴切，毫无雕琢痕迹，表明李白对贺知章的评价极高，对贺知章退老还乡的圆满结局更是钦羡。

这首诗是李白信手拈来之作，但他天生的诗人气质，使他一落笔就能抓住最具特性的事物来加以表现，一个是绍兴的镜湖，另一个便是王羲之当年写字换鹅的故事。全诗实际上所写的也就是这两件事，但它们却都恰能表现出贺知章故乡即山阴的地方特色，同时也都能显示出贺知章这个人的性格特点和才华所在。

全诗紧扣“归越”二字，用典自然准确，内容富有情趣，显示了作者炉火纯青的艺术境界。

◎轶闻异物录

王羲之爱鹅

王羲之爱鹅在民间可谓家喻户晓。据《晋书·王羲之传》记载：会稽有一个孤老太太养了一只好鹅，想要卖掉可是没人要。王羲之听说后，就邀了朋友打算前去观赏。老妪听说王羲之要来，就杀了鹅准备款待他，王羲之一到，见鹅已死，感叹而归。

山阴县玉皇观有个老道士，希望得到一本王羲之手书的《黄庭经》，但右军大人名满天下，又怎会卖一个老道士的人情？幸好他得悉王羲之爱鹅，于是精心调养一批良种白鹅，每日在王羲之与友人郊游的地方放养那群白鹅。王羲之终于“偶然”碰见了这群白鹅，十分惊喜，便想要买下白鹅，道士说：“你只要给我写一篇《黄庭经》，我就将这些鹅悉数相赠。”王羲之欣然写毕，笼鹅而归，欢喜异常。这篇书法世称右军正书第二，后人更因这个典故，便将《黄庭经》称作《换鹅帖》。

王羲之喜爱养鹅，固然是文人雅事、陶冶情操，更为关键的是，他从鹅的体态、行走、游泳等姿势中，体会出书法运笔的奥妙，领悟到书法执笔、运笔的道理。他认为执笔时食指要像鹅头那样昂扬微曲，运笔时则要像鹅掌拨水，方能使精神贯注于笔端。

“羲之爱鹅”后来被当作文人雅士情趣生活的体现，与“陶渊明爱菊、周茂叔爱莲、林和靖爱鹤”并称为“四爱”。“四爱”的题材常常出现在明清以至民国的瓷器和绘画中，以表现文人高士风雅清逸、迥出尘俗的超然情志。

把酒问月[①]

青天有月来几时？我今停杯一问之。

人攀明月不可得？月行却与人相随。

皎如飞镜临丹阙[②]，绿烟[③]灭尽[④]清辉[⑤]发。

但见[⑥]宵[⑦]从海上来，宁知[⑧]晓向云间没[⑨]？

白兔捣药[⑩]秋复春，嫦娥[⑪]孤栖与谁邻？

今人不见古时月，今月曾经照古人。

古人今人若流水，共看明月皆如此。

唯愿当歌对酒[⑫]时，月光长照金樽[⑬]里。

◎注释

① 把酒问月：又名“故人贾淳令予问之”。

② 丹阙：红色的宫殿。

③ 绿烟：木华《海赋》：朱焰绿烟，这里指遮蔽月光的浓重云雾。

④ 灭尽：消除彻底。

⑤ 清辉：指皎洁的月光。

⑥ 但见：只看见。

⑦ 宵：夜。

⑧ 宁知：岂知，怎么会知道。

⑨ 没：隐藏，隐没。

⑩ 白兔捣药：传说月宫中有白兔在捣仙药。据西晋傅玄《拟天问》：“月中何有，白兔捣药。”

⑪ 嫦娥：一作“姮娥”。神话中的后羿妻子，偷吃了羿的不死之药，奔入月中，成为仙人。

⑫ 当歌对酒：即唱歌饮酒，有及时行乐的意思。据曹操《短歌行》：“对酒当歌，人生几何？”

⑬ 金樽：精美的酒具。

把酒问月

◎译文

青天上的明月你是什么时候升起的呀？
现在，我停下酒杯只想问你一个问题。
为什么在人想追攀明月时却不能追到，
月亮却可以追随着人的脚步时时相随。
皎洁的月光如明镜般映照着朱红宫殿，
云消雾散时，月光又洒出清冷的光辉。
人们只是看见这月亮夜间从海上升起，
谁肯去询问它早晨还在云间隐没着呢？
月宫里，雪白玉兔自秋至春不停捣药，
嫦娥孤单寂寞居于月宫，又与谁为邻？
现在的人一定是无法再见到古时月亮，
但是，如今的月亮却曾经照耀过古人。
其实，无论是古人还是今人都像流水，
唯一的相同之处：看到了同一个月亮。
我的愿望：当我对着酒杯放歌豪饮时，
月光能长久地照耀着我面前的金酒杯。

◎创作背景

这首诗题下原注：“故人贾淳令予问之。”创作时间不详。有人认为作于唐玄宗天宝三载（744 年），李白被唐玄宗赐金放还之时，应该是诗人应贾姓友人之请而作。贾淳，生平不详，李白称其为“故人”，应该是李白的一个老朋友。

◎赏析

这是一首咏月怀古诗，通过描绘明月和海天景象以及对世事推移、人生短促的慨叹，展现了诗人旷达博大的胸襟和飘逸潇洒的性格。

“青天有月来几时，我今停杯一问之”，开篇点题，提出诗人的疑问。诗人所提问题并不新鲜，宇宙的亘古之谜，是永恒难解的问题，不但屈原在《天问》中问过，而且周秦两汉的学者对此做过多种探索。狂饮之中，突然“停杯”，这一动作的描写，将诗人醉意朦胧的形态表现出来。开头两句语序倒装，以不可一世的问句统领全篇，极富气势，也十分切合诗人既痴又狂的性格特征。

“人攀明月不可得，月行却与人相随”，这两句是诗人的感慨。明月悬挂于高空，孤高又神秘，对于古人来说是可望而不可即的，但是不论你走到哪里，月亮却总是相伴相随。诗人笔下的月亮，冷艳而又亲切，无情却又有情。这一人格化手法的运用惟妙惟肖，拉近了人与月亮之间的距离。

“皎如飞镜临丹阙，绿烟灭尽清辉发”，这两句是对月色的描绘。朱红宫阙尚有赖于皎洁月色的映衬，云翳散尽后，尤能显现月光之清明。这里以“飞镜”作比，又以“丹阙”陪衬，而“绿烟灭尽”四字尤有点染之功。想象着一轮圆月被云彩遮蔽，然后揭开面纱露出真容，那是何等的光彩照人，月色之美，被诗人形容得如可揽接。

“但见宵从海上来，宁知晓向云间没。白兔捣药秋复春，嫦娥孤栖与谁邻”，这是诗人发出的两个疑问。皎月夜出于东海而晓没于西天，如此循环往复永不停息，意在突显时光的迅疾流逝。“但见”“宁知”两个词语相呼应，突显诗人的惊奇，于是他浮想联翩，想到关于月亮的神话传说。白兔年复一年地捣药究竟是为了什么，嫦娥仙子独居月宫究竟与谁为邻，这些问题谁也无法回答，诗人也不要求回答，或许诗人只是感叹月中仙子的孤寂和捣药白兔的辛劳，透露出诗人对神物、仙女的深切同情，折射的是诗人孤高澄澈的内心。

“今人不见古时月，今月曾经照古人。古人今人若流水，共看明月皆如此”，由对宇宙的遐想引发了诗人对人生哲理的思考。今人古人看到的都是同一轮明月，而今人古人却不断更替，真是“人生代代无穷已，江月年年只相似”。“今人不见古时月”其实也是“古人不见今时月”，“今月曾经照古人”也意味着“古月仍然照今人”，这两句备极重复、错综、回旋之美，不是互文却有互文之妙。接着诗人抒发了人生短暂的感叹。前两句分说，后两句总括，诗情哲理并茂，读来意味深长，荡气回肠。

“唯愿当歌对酒时，月光长照金樽里”，最后两句结到及时行乐上来，尤见诗人人格的突显和人生价值的辉映。曹操诗云：“对酒当歌，人生几何？”这里略用其字面，流露出同一种人生感喟。末句“月光长照金樽里”，形象鲜明独特。从无常求“常”，意味隽永。至此，诗情海阔天空地驰骋一番后，又回到诗人手持的酒杯上来，完成了一个美的巡礼，使读者从这一形象回旋中获得极深的诗意感受。

这首诗从饮酒问月开始，以邀月临酒结束，从空间感受写到时间感受，将人与月反反复复加以对照，又穿插以景物描绘与神话传说，塑造了一个崇高、永恒、美好而又神秘的月的形象，其中也显露出一个孤高出尘的诗人自我。

全诗感情饱满奔放，语言流畅自然，极富回环错综之美，可谓情理并茂，情思并呈，有着很强的艺术感染力。

◎轶闻异物录

玉兔传说

玉兔又称月兔，是中国古代神话传说中的神兽，居住在月球上，在月宫里负责捣药。

关于玉兔，民间有很多传说。一说玉兔是嫦娥的化身，因嫦娥奔月后，触犯玉帝的旨意，于是玉帝将嫦娥变成玉兔，每到月圆时，就要在月宫里为天神捣药以示惩罚。一说玉兔是后羿的化身，因为嫦娥奔月，而又思念后羿，后羿为了和嫦娥在一起，情愿变成了她最爱的小动物——玉兔，可惜嫦娥始终不知玉兔就是她日夜思念的后羿！

关于玉兔为何总是捣药，也有一个有趣的传说。据说吴刚的妻子与炎帝之孙伯陵私通，吴刚一怒之下杀了伯陵，因而惹怒太阳神炎帝，被发配到月宫中砍伐不死之树——桂树，而月桂树随砍随合，吴刚每砍一斧，斧子砍下的枝叶就会长回树上，经过了这么久，吴刚仍然没能砍倒月桂树。吴刚的妻子心存愧疚，命她的三个儿子分别变成蟾蜍、兔和蛇飞上月亮陪伴吴刚。为了帮助父亲早日砍倒桂树，玉兔便不停地把砍下的枝叶捣碎。

玉壶吟[①]

烈士[②]击玉壶，壮心[③]惜暮年。

三杯拂剑舞秋月，忽然高咏涕泗涟[④]。

凤凰[⑤]初下紫泥[⑥]诏，谒[⑦]（yè）帝称觞[⑧]（shāng）登御筵[⑨]。

揄扬九重[⑩]万乘主[⑪]，谑浪[⑫]赤墀[⑬]青琐[⑭]贤。

朝天[⑮]数换飞龙马[⑯]，敕赐[⑰]珊瑚白玉鞭[⑱]。

世人不识东方朔[⑲]，大隐[⑳]金门[㉑]是谪仙[㉒]。

西施宜笑复宜嚬[㉓]（pín），丑女效之徒累身。

君王虽爱蛾眉[㉔]好，无奈宫中妒杀人！

◎注释

① 玉壶吟：李白自创歌行。据《世说新语·豪爽》记载：东晋王处仲酒后常吟唱曹操《步出夏门行》中“老骥伏枥，志在千里；烈士暮年，壮心不已”的悲壮诗句，一面唱，一面用如意（古代供玩赏的一种器物）敲打吐痰用的玉壶，结果壶口都被敲缺了。《玉壶吟》即以此为题。

② 烈士：古代指有抱负有作为的壮士。

③ 壮心：即壮士雄心。

④ 涕泗涟：酒后鼻涕和眼泪一起流下来的样子。涕：眼泪。泗：鼻涕。涟：泪流不断的样子。

⑤ 凤凰：这里指皇帝的诏书。据《十六国春秋》记载：后赵武帝石虎下诏时，坐在高台上，让木制的凤凰衔着诏书往下飞。

⑥ 紫泥：一种紫色的印泥，用来封诏书。

⑦ 谒：进见，朝见。

⑧ 称觞：举杯祝酒的意思。

⑨ 御筵：皇帝设的宴席。

⑩ 九重：这里指皇帝居住的地方。

⑪ 万乘主：这里指唐玄宗。

⑫ 谑浪：戏谑放荡的意思。

⑬ 赤墀：皇宫中红色的台阶，这里代指宫廷。

⑭ 青琐：刻有连琐花纹并涂以青色的宫门，这里代指宫廷。

⑮ 朝天：朝见天子。

⑯ 飞龙马：古时皇帝有六个马厩，其中飞龙厩所养的都是上等好马。这里泛指宫中的良马。

⑰ 敕赐：皇帝的赏赐。敕：皇帝的诏令。

⑱ 珊瑚白玉鞭：用珊瑚、白玉装饰的马鞭，这里泛指华贵的马鞭。

⑲ 东方朔：西汉时期著名文学家。汉武帝时为太中大夫，为人诙谐滑稽，善辞赋。当东方朔被汉武帝视作滑稽弄臣时，他内心非常苦闷，为此作歌："陆沉于俗，避世金马门，宫殿中可以避世全身，何必深山之中，蒿庐之下。"这里诗人以东方朔自比。

⑳ 大隐：指真正的隐士，那些身居朝市而志在高远的人。据晋代王康琚《反招隐诗》："小隐隐陵薮，大隐隐朝市。"

㉑ 金门：汉代宫门名，又名金马门，这里指朝廷。

㉒ 谪仙：下凡的神仙。李白友人贺知章曾称他为"谪仙人"，李白很喜欢这个称呼，常用以自称。

㉓ 嚬：通"颦"。这里是用丑女效颦的典故来揭露当时权贵庸碌无能而又装腔作势的丑态。

㉔ 蛾眉：古时美女的代称，这里是诗人自比。

◎译文

烈士击玉壶而悲歌，以倾吐心中的踌躇，
只可惜虽是壮心不已，却也是暮年将至。
如今我三杯老酒下肚，拔剑对着秋月舞，
忽然感慨而高歌，不知不觉竟涕泪奔涌。
想当初凤凰衔来紫泥诏书时何等的开心，
拜谒圣上，侍宴宫中，御筵上举杯朝贺。
九重宫里高调颂扬我万乘之主威仪四海，
戏谑嘲弄王公权贵在宫中红色的台阶上。

朝见天子的时候我也曾经屡换飞龙之马，
手中挥舞着的也是圣上御赐的珊瑚玉鞭。
世人并不知道，我是像东方朔一样的人，
大隐于朝堂之内的我，其实是天上谪仙。
西施笑的模样可效仿皱眉的样子不宜学，
丑女为得君王恩宠而效颦，是自累其身。
君王至今虽然依旧喜爱我蛾眉般的才华，
无奈宫中妒忌谗毁的人太多，无法立足。

◎创作背景

这首诗约作于天宝三载（744 年）李白供奉翰林的后期，赐金还山的前夕。朱谏曰："按《玉壶吟》者，以篇首二字以为题，白所自为之辞也。是供奉之时，被力士、贵妃谗间，将求还山之日欤？"

◎赏析

这首诗表达了诗人"壮心惜暮年"抱负无法实现的苦闷，并以丑女效颦为喻来表现自己鄙视权贵、耻与为伍的傲岸性格，抒发了诗人内心的抑郁和愤慨之情。

"烈士击玉壶，壮心惜暮年。三杯拂剑舞秋月，忽然高咏涕泗涟"，开篇直抒胸臆，描写诗人内心愤激的外在表现。开头两句直入正题，刻画出诗人壮怀激烈、孤愤难平的自我形象。其中的"烈士""壮心""暮年"三个词都取自曹操名诗《龟虽寿》："老骥伏枥，志在千里。烈士暮年，壮心不已。"诗人以曹操自比，渴望建功立业。但和曹操一生的轰轰烈烈相比，诗人至今壮志难酬，不觉悲从中来。三杯浊酒下肚，再也按捺不住心中的愤慨，于是拔剑而起，先是对秋月挥剑而舞，忽又高声吟咏，最后眼泪夺眶而出，涕泗涟涟，从这一系列的动作中可感受到诗人内心的苦闷，已是悲伤至极，却又无可奈何。“忽然”二字把诗人心头不可自已的愤激之情写得十分传神。

“凤凰初下紫泥诏，谒帝称觞登御筵”，这是写对往事的回忆，写出了诗人平步青云时的无限自豪感。以“初”字回旋兜转，笔饱墨酣，以昂扬的格调极写得意的经历。诗人应诏入京，原以为可施展抱负，因此他倾心酬主，急于披肝沥胆，输出忠诚。

“揄扬九重万乘主，谑浪赤墀青琐贤”，具体描写诗人在朝廷上的作为，前句描写“尊主”，赞颂皇帝；后句描写“卑臣”，表现出对权贵的嘲弄，体现了诗人宏图初展时的得意之态。

“朝天数换飞龙马，敕赐珊瑚白玉鞭”，形象地写出了诗人受皇帝宠信的不同寻常之状。“飞龙马”“白玉鞭”，表现诗人备受皇上的宠信，给予他的赏赐都是超出常例的待遇。诗人用华丽的辞藻极力渲染昔日的腾绰飞扬，目的是为衬托时下的冷落与可悲境遇。

“世人不识东方朔，大隐金门是谪仙”，境界突变，在这里引述前人的故事，是为自己表意抒情做铺垫。“世人不识”，是诗人用东方朔来比喻自己的处境，映衬自己内心的痛苦。接着又以谪仙自命，是诗人将其郁郁之气寄于言外的表现。这两句与前六句形成鲜明的对比，暗示出诗人横遭毁诬、备受打击的不幸，也解释了诗人郁愤不平的原因。

“西施宜笑复宜颦，丑女效之徒累身”，这两句是通过美人姿态来自比。西施或笑或颦皆宜，东施效颦则徒累自身，言下之意是这种态度别人效仿不得。反映出诗人傲岸自信的个性特征。

“君王虽爱蛾眉好，无奈宫中妒杀人”，这两句则化用了《离骚》的旨趣，托言美人见妒，暗寓自己胸怀壮志，却不被仕途所接纳，无法一展宏图的处境。诗人以“娥眉”自比，含蓄而贴切，寄慨深远。

全诗充满奔放之势，处处可见李白胸中的郁勃不平之气，读来既有抑扬顿挫、波澜起伏之感，又可以隐隐感受到诗人所流露出的傲然于世的孤高气质，令人百读不厌。

◎轶闻异物录

“大隐”东方朔

东方朔，字曼倩，汉平原厌次（今山东省惠民县钦风村）人。东方朔的一生大致可以第一次得官做常侍郎为界分为前后两个时期，前期即滑稽求官时期，后期即直言切谏时期。无论是前期的求官，还是后期的直谏；无论是第一次应诏上书，还是后来的“陈农战强国之计”，东方朔都是为了得到汉武帝的重用，进而“为天子大臣”，实现自己建功立业的宏伟抱负。然而，终其一生，东方朔并未获得汉武帝的信任和重用，“官不过侍郎，位不过执戟”，反而被别人视如倡优，以喜剧人生开始，而以悲剧人生结束。耳闻目睹和亲身经历了封建专制政治的黑暗、不公、残酷和凶险的东方朔，总结了历史和人生 的经验教训，开创并实践了大隐的处世之道。古代的隐逸文化可谓源远流长。如果按照唐朝诗人白居易在《中隐》诗中的概括，中国古代的隐逸形式大致有大隐、中隐、小隐三种。依此来看，汉代的东方朔要算是中国大隐形式的首创者，也是大隐智慧的代表人物。

东方朔的“大隐”就是避世金马门，隐居于朝廷。东方朔的大隐思想，视自我的生命价值和精神价值同等重要，并不主张只有精神价值才是至高无上的。

鲁郡[①]东石门[②]送杜二甫[③]

醉别复几日，登临遍池台[④]。

何时石门路[⑤]，重有金樽开[⑥]。

秋波落泗水[⑦]，海色明徂徕[⑧]（cú lái）。

飞蓬[⑨]各自远，且尽手中杯。

◎注释

① 鲁郡：即兖州（今山东省西南部），北邻宁阳，西靠汶上，南、西分别与邹城、任城接壤，东隔泗河和孔子故里曲阜毗邻。

② 石门：山名，在今山东曲阜县东北，是一座风景秀丽的山峦。山有寺院，李杜经常在这优雅隐逸的胜地游览。

③ 杜二甫：即诗人杜甫，因排行第二，所以称他为杜二甫。

④ 池台：指池苑楼台。

⑤ 何时石门路：一作"何言石门路"。

⑥ 金樽开：指开樽饮酒。金樽：中国古代的盛酒器具。

⑦ 泗水：古河名，在今山东省西南部济宁市所辖境内，源出山东泗水县蒙山南麓，四源并发，故名。

⑧ 徂徕：山名。在今山东泰安市东南。

⑨ 飞蓬：原指枯后根断遇风飞旋的蓬草，又称转蓬。这里用以比喻行踪漂泊不定。

◎译文

距离我们伤别离而痛饮大醉尚有几天时间，
我们借机登遍了附近所有的山水池榭楼台。
什么时候我们能够相遇在石门山前的路上，
再一次重逢，再一次开怀畅饮不醉不归呢？
面前四源并发的泗水清澈见底、秋波荡漾，

徂徕山倒映在碧波万顷的海水中相互生辉。
我们像飞蓬一样各自飘向遥远的异地他乡，
赶紧地痛快饮尽杯中之酒，一切都在酒中。

◎创作背景

这首诗作于唐玄宗天宝四载（745年）秋。天宝三载（744年），李白被"赐金还山"，离开了长安，在洛阳与杜甫相识，两人一见如故，志趣相投，来往密切。同年秋，两人如约到了梁宋（今河南开封、商丘）游历，在此抒怀遣兴，借古评今。天宝四载（745年）秋，二人第三次相会重逢，同游齐鲁。深秋时，杜甫要西去长安，李白再游江东，两人在鲁郡东石门分手。临行时，李白写下此诗送别好友杜甫。

◎赏析

这首送别诗通过描写李杜两人的同游经历，表达了诗人与杜甫之间的深厚友谊。

"醉别复几日，登临遍池台"，开头便说几天来为即将离别而痛饮，并抓紧时间游遍鲁郡的山川名胜、池台亭阁。唐人送别，通常都在日暮时分，而李杜之别竟然持续了数日。并且一般的送别都是设宴招待，这里的送别竟然是览观风景，两位大诗人真的是与众不同，也可以看出他们之间的情谊深厚，志趣相投。而浓重的伤别之情在这里被转为游山玩水的"醉别"，一种洒脱的意趣见之于诗文。

"何时石门路，重有金樽开"，这两句既申明了前二句醉饮和及时游观的理由，也表达了对这次同游的珍惜和对再次同游的企盼。"重"字，热烈地表达了诗人希望重逢欢叙的迫切心情。杜甫曾在《春日忆李白》中深情咏叹"何时一樽酒，重与细论文"，可见二人同游，不仅仅是游山玩水，他们还有更多的共同乐趣。在诗酒之间，二人在不同的时空你唱我和。这里的描写极富生活气息，读来令人感到亲切。

“秋波落泗水，海色明徂徕”，这两句对景色的描写极具美感，诗人就地取材，以跨域辽阔的泗水、徂徕山为大背景，安排这场送别，让永恒的青山绿水见证他们的情谊。“明”字用得巧妙，是这首诗的诗眼。这里是将形容词用作动词，将静止不动的一山苍翠化静为动，赋予静态的自然色彩以十足的运动感。在这里，不说徂徕山色本身如何青绿，而说苍绿色彩主动有意地映照徂徕山。“海色明徂徕，因前句“秋波落泗水”之映衬，营造出一幅生动的山水秋色图。

“飞蓬各自远，且尽手中杯”，这里以劝酒结束全篇，照应开头，意味悠远。好友离别，暂抛离愁，将风中蓬草比喻自己和杜甫，知交相别，各自远去。语言不易表达情怀，言有尽而意无穷，那么，就倾尽手中杯，以酒抒怀，来一个醉别吧！感情是多么豪迈而爽朗。结句干脆有力，李白对杜甫的深厚友情，不言而喻而又倾吐无遗。

这首诗从“醉别”开始，以“醉别”结束，首尾呼应，语言古朴真淳，情感波澜递进，叙事、绘景、抒情三者自然巧妙地融为一体，尽得天然，以美感人，以情动人，充满了深情厚谊与诗情画意，是脍炙人口的佳作。

◎轶闻异物录

徂徕山

徂徕山，又称龙徕山，驮来山，位于泰山东南，横跨山东省泰安市岱岳区、新泰市，是泰山的姊妹山。山脉呈东北西南走向，横亘连绵二十九公里，总面积二百五十平方公里。其主峰太平顶，海拔一千零二十七米，相对高度八百多米，与泰山玉皇顶的直线距离为三十公里。

关于徂徕山的来历，有个很有趣的传说。很久以前，碧霞元君选定泰山定居，争强好胜的八仙之一张果老想与碧霞元君争高低。他倒骑着毛驴绕道东海东边，悄悄编织了一个很大很大的箩筐，使了法术驮起万丈高山，只朝泰山这边走来。到了能看到泰山的地方，张果老怕碧霞元君看到自己，便令毛驴停下休息，准备天黑后在碧霞元君完全不注意的情况下，再全速前进，争取一夜间到达预定地点。

天很快黑下来了，张果老为谨慎起见，改倒毛驴为正毛驴，抑制不住兴奋的心情，鞭笞毛驴急速飞奔。谁知碧霞元君有每晚站在泰山极顶眺望大好河山、以壮自己胸怀的嗜好，当她发现一座万丈高山正朝西方神速飞来，并且发现骑毛驴的正是张果老时，她急忙从头上拔下金簪，朝毛驴背上驮山的驮筐掷去。张果老来到预定地点，从驮筐上卸下万丈高山，心满意足地在山顶上酣然入睡。

第四天早晨，旭日东升，晴空万里，张果老一觉醒来，发现他的万丈高山怎么看也不如泰山高，他非常纳闷，在山顶来回踱步，把山顶都踏平了，待他仔细看了看来路，方才大梦初醒，原来他的万丈高山都在一夜间漏在了路途中，形成了一道山脉。后来人们称其为徂徕山脉，这座与泰山比高低的山叫作驮来山，后改为徂徕山。

梦游天姥[1]吟留别

海客谈瀛洲[2]，烟涛微茫[3]信[4]难求。

越人[5]语[6]天姥，云霞明灭[7]或[8]可睹。

天姥连天向天横[9]，势拔[10]五岳[11]掩赤城[12]。

天台[13]四万八千丈[14]，对此欲[15]倒东南倾。

我欲因之[16]梦吴越，一夜飞度镜湖[17]月。

湖月照我影，送我至剡溪[18]。

谢公宿处今尚在，渌水荡漾清猿啼。

脚著谢公屐[19]（jī），身登青云梯[20]。

半壁见海日[21]，空中闻天鸡[22]。

千岩万转路不定，迷花倚石忽已暝[23]（míng）。

熊咆龙吟殷（yǐn）岩泉[24]，栗深林[25]兮惊层巅[26]。

云青青[27]兮欲雨，水澹澹[28]兮生烟。

列缺[29]霹雳，丘峦崩摧。

洞天[30]石扉[31]，訇（hōng）然[32]中开。

青冥[33]浩荡不见底，日月照耀金银台[34]。

霓为衣兮风[35]为马，云之君[36]兮纷纷而来下。

虎鼓瑟兮鸾回车[37]，仙之人兮列如麻。

忽魂悸[38]以魄动，恍[39]惊起而长嗟。

惟觉时[40]之枕席，失向来[41]之烟霞[42]。

世间行乐亦如此，古来万事东流水㊸。

别君去兮何时还？

且放白鹿㊹青崖㊺间，须㊻行即骑访名山。

安能摧眉折腰㊼事㊽权贵，使我不得开心颜！

◎注释

①天姥：即天姥山，在浙江新昌东面。传说登山的人能听到仙人天姥唱歌的声音，山因此得名。

②瀛洲：据《十洲记》记载：瀛洲，在东海中，地方四千里。大抵是对会稽，去西岸七十万里。上生神芝仙草。又有玉石，高且千丈。出泉如酒，味甘，名之为玉醴。饮之数升辄醉，令人长生。洲上多生仙家，风俗似吴人，山川如中国也。

③微茫：景象模糊不清。一作“弥漫”。

④信：确实，实在。

⑤越人：指浙江一带的人。

⑥语：一作“道”。

⑦明灭：忽明忽暗。

⑧或：一作“安”。

⑨向天横：直插天空。横：直插。

⑩拔：一作“枝”。拔：超出。

⑪五岳：指东岳泰山、西岳华山、中岳嵩山、北岳恒山、南岳衡山。

⑫赤城：山名，在浙江天台西北。

⑬天台：山名，在浙江天台北部。

⑭四万八千丈：一作“一万八千丈”。

⑮欲：一作“绝”。

⑯因之：一作“冥搜”。因：依据；之：指代前边越人的话。

⑰镜湖：据薛方山《浙江志》记载：“鉴湖，又曰镜湖，在会稽县西南三十里，故南湖也。”

⑱剡溪：出越州剡县西南，北流入上虞县南，为上虞江。

⑲谢公屐：谢灵运穿的那种木屐。《南史·谢灵运传》记载：谢灵运游山，必到幽深高峻的地方；他备有一种特制的木屐，屐底装有活动的齿，上山时去掉前齿，下山时去掉后齿。木屐，以木板作底，

上面有带子，形状像拖鞋。

⑳ 青云梯：指山岭高峻，如上入青云。这里意指直上云霄的山路。

㉑ 半壁见海日：上到半山腰就看到从海上升起的太阳。

㉒ 天鸡：古代传说，东南有桃都山，山上有棵大树叫桃都，树枝绵延三千里，树上栖有天鸡，每当太阳初升，照到这棵树上，天鸡就叫起来，天下的鸡也都跟着它叫。

㉓ 暝：日落，天黑。

㉔ 龙吟殷岩泉：龙在长鸣，岩中的泉水在震响。殷：这里用作动词，震响。

㉕ 栗深林：使深林战栗。栗：使动用法。

㉖ 惊层巅：使层巅震惊。惊：使动用法。

㉗ 青青：黑沉沉的。

㉘ 澹澹：波浪起伏的样子。

㉙ 列缺：指闪电。

㉚ 洞天：仙人居住的洞府。

㉛ 扉：门扇。一作“扇”。

㉜ 訇然：形容声音很大。

㉝ 青冥：指天空。

㉞ 金银台：金银铸成的宫阙，指神仙居住的地方。

㉟ 风：一作“凤”。

㊱ 云之君：云里的神仙。

㊲ 鸾回车：鸾鸟驾着车。鸾：传说中如凤凰一类的神鸟。回：旋转，运转。

㊳ 魂悸：心跳。

㊴ 怳：怳然，猛然。

㊵ 觉时：醒时。

㊶ 向来：原来。

㊷ 烟霞：指前面所写的仙境。

㊸ 东流水：像东流的水一样一去不复返。

㊹ 白鹿：传说神仙或隐士多骑白鹿。

㊺ 青崖：青山。

㊻ 须：等待。

㊼ 摧眉折腰：低头弯腰。摧眉：即低眉。

㊽ 事：侍奉；伺候。

◎译文

从遥远的大海边来的客人们谈起瀛洲时，
都说海上烟波浩渺，实在难以寻到瀛洲。
凡是吴越一带的人们谈起他们的天姥山，
也都说云雾忽明忽暗，只是偶尔看得见。
天姥山高耸入云仿佛与青天白云相接连，
山势高峻超过了五岳，也遮掩了赤城山。
天台山之高难以想象似乎有四万八千丈，
面对天姥山，就好像是东南方塌陷一块。
我因听到越人说起天姥山而梦到了吴越，
一夜间飞渡到了明月映照下的镜湖边上。
镜湖上皎洁的月光映照着我长长的身影，
一直陪伴着我，还将送我去到剡溪水浜。
谢灵运当年隐居的住所如今还留在这里，
湖水清澈见底微波荡漾，两岸猿猴在啼。
我穿着谢公当年爬山时脚上所穿的木屐，
攀登山路时身轻如燕，一口气直达云端。
当我行至半山腰就看见太阳自海上升起，
半空中，已经可以听到天鸡报晓的声音。
一路上重峦叠嶂万壑纵横道路曲折崎岖，
正迷恋鲜花异石，不觉间天色已经向晚。
熊在怒吼，龙在长吟，泉水在轰鸣震响，
这惊天动地的声音让森林战栗山峰惊颤。
厚厚的云层阴沉沉的，像是要降下暴雨，
水面上波光粼粼碧波荡漾生起层层轻雾。
时而像撕裂了缺口电光闪烁，雷声轰鸣，
又似乎是山峰在瞬间被摧毁山峦崩塌了。
仙人们居住的洞府，石头的大门关闭着，

突然间“訇”的一声从中打开豁然开朗。
石洞中蔚蓝的天空广阔无垠，没有尽头，
金色的阳光和皎洁的月光照耀着金银宫。
披挂着彩虹裁剪的衣裳，骑乘风作骏马，
神仙们纷纷从七彩云中缥缥缈缈走下来。
威猛的老虎在用心为仙人们弹奏着琴瑟，
鸾鸟驾的凤车上仙人们成群结队多如麻。
忽然我的魂魄被惊吓一下，我猛然清醒，
恍恍惚惚中诧异梦中之境不禁仰天叹息。
因为醒来时只有身边睡觉时的枕席而已，
刚才梦中所见的烟雾云霞全都消失不见。
人世间的欢乐，其实和梦中的幻境一样，
自古以来，万事就像东流逝水不复折返。
告别诸位朋友远去东鲁何时才能回来呢?
暂且把我的坐骑白鹿就放牧在这青崖间，
等到要远行时就来骑上它访问名山大川。
做人就做自己，岂能卑躬屈膝侍奉权贵，
让我不能舒舒心心的，畅然自得笑开颜!

◎创作背景

此诗作于李白出翰林之后，一说作于唐玄宗天宝四载至五载（745 年—746 年）。唐玄宗天宝三载（744 年），李白在长安受到权贵的排挤，被放出京，返回东鲁（在今山东兖州、济宁一带）家中。随后，李白再度踏上了漫游祖国河山的旅途。这首描绘梦中游历天姥山的诗，大约作于李白即将离开东鲁南游吴越之时，是和东鲁的朋友告别的诗作，所以，又题作“梦游天姥山别东鲁诸公”。

◎赏析

这是一首记梦诗，诗人以记梦为由，抒写了对光明、自由的渴求，对黑暗现实的不满，表现出诗人蔑视权贵、不卑不亢的叛逆精神；由于诗中运用丰富而奇特的想象和大胆的夸张手法描绘出了一幅超脱现实的亦虚亦实、亦真亦幻的梦游图，所以，这首诗也是一首游仙诗，突出地表现了李白诗歌中浪漫主义的感情色彩，历来被称为绝世名作。

"海客谈瀛洲，烟涛微茫信难求。越人语天姥，云霞明灭或可睹"，开篇就从传说中的瀛洲谈起，正因这一仙境虚无缥缈，不可寻求，而现实中的天姥山在浮云彩霓中时隐时现，胜似仙境，用海上"瀛洲"衬托现实生活中的"天姥"山，以虚衬实，暗示瀛洲难求而不必求，天姥可睹而应当一睹，诗人梦寐以求的事情就是向往着游历天姥山，为下文的梦游做好前期的充分铺垫。

"天姥连天向天横，势拔五岳掩赤城。天台四万八千丈，对此欲倒东南倾"，诗人运用极其夸张的手法，用"五岳"之雄奇和"天台"之高耸，烘托"天姥山"的险峻与挺拔。而这种夸张和对比手法的运用，一下子就把读者的胃口给吊了起来，大家不由得就想一探究竟，去看看这座天姥山长得什么样，是"五岳归来不看山"，还是"天姥山归来不看五岳"。

"我欲因之梦吴越，一夜飞度镜湖月。湖月照我影，送我至剡溪"，诗人以记梦的方式，展开想象的翅膀，开始描绘出一幅瑰丽奇幻的图景。

"谢公宿处今尚在，渌水荡漾清猿啼。脚著谢公屐，身登青云梯。半壁见海日，空中闻天鸡"，诗人继续展开想象的翅膀，跨越时空，穿越到了谢公谢灵运的住处，平步青云，扶摇直上九万里，直接到达了天庭。"青云梯"应是诗人在现实生活中梦寐以求的入仕之途，但是，同时也是诗人曾经的生活经历，尽管时间是短暂的，至少诗人亲身体验过。"半壁"和"空中"都是人在高处的感受，而这种感受既是虚幻的，也是真实的，因为诗人的的确确曾经跟随在唐玄宗的身边，享有着众星捧月的光环；也享受过命令权倾朝野的“高力士为之研磨、脱靴”的畅快。“海日”和“天鸡”，既真实又虚幻，以海之阔和天之高虚幻出了“一唱雄鸡天下白”的人间天堂美景。

“千岩万转路不定，迷花倚石忽已暝”，诗人再一次设下伏笔，把读者从白天的游览胜境之中，带进夜幕降临后的虚幻而神奇的仙境。“忽已暝”，时间过得好快呀，正在一路赏花看景之时，人还在“千岩万转”的迷途中，天色就开启了又一幕的炫景。

“熊咆龙吟殷岩泉，栗深林兮惊层巅。云青青兮欲雨，水澹澹兮生烟。列缺霹雳，丘峦崩摧。洞天石扉，訇然中开。青冥浩荡不见底，日月照耀金银台”，诗人用他“谪仙人”的天才才华为读者描绘出一幅雄奇壮美的山河大美图，把全诗推向一个高潮。在令人惊悚不已的幽深暮色之中，霎时间“丘峦崩摧”,一个神仙世界“訇然中开”。“殷岩泉”“惊层巅”“欲雨”“生烟”等等语言的运用，只有李白这样的高水平诗人才能够驾驭。“熊咆龙吟”“列缺霹雳”“丘峦崩摧”等词汇的开发，不仅仅需要神奇的想象力，更需要深厚的文化功底。这里除了有诗人长期漫游阅历中见过的万壑千山的印记，还有诗人的天赋，所以，李白隐居在戴天大匡山读书的十年，就是他积累知识和才华的十年。“云青青兮”“水澹澹兮”，这些看似平常之景，一旦到了才华横溢的李白之手，立刻变成了富有生气、富有生命力的景致，尽管仙境是渺茫的虚幻的，但是到了李白这里，却把缥缈和虚幻描写得极真极实，这就是李白，一个伟大诗人的笔力和心力的展示。

“霓为衣兮风为马，云之君兮纷纷而来下。虎鼓瑟兮鸾回车，仙之人兮列如麻”，由对天姥山的好奇之心而惶惶入梦，到“吴越”纵览镜湖水中之月，再到谢公住处领略山之美景，一路险且奇的浪漫主义之旅终于迎来了一个盛大而热烈的仙境描摹，而在全诗进入高潮之际，在一个神仙世界“訇然中开”的画面之中，一群身披彩虹、驾驭长风的仙人浩浩荡荡地出现在读者目前，让人目不暇接，耳目一新。“霓为衣兮”“云之君兮”，这般辉煌灿烂的描述，气象万千的描绘，只有气度非凡的“谪仙人”才能做到，这种不着痕迹地把中国古代神话传说搬入自己的诗歌创作中，既有屈原诗歌艺术创作的影子，也有诗人长安三年宫廷生活的痕迹。

“忽魂悸以魄动，恍惊起而长嗟。惟觉时之枕席，失向来之烟霞”，诗人再度通过他非凡的浪漫主义想象，为我们展现了一个惊梦之人的怅惘与寂寥，合情合理地结束了自己的浪漫之旅。

“世间行乐亦如此，古来万事东流水”，回到现实之中的李白，立刻又恢复到一个既矛盾又清醒的状态，开始感叹他的壮志难酬和“此事古难全”的无奈。

“别君去兮何时还”，回到现实生活中，诗人在替朋友问自己。这样的句式，这样的构思，把读者的思绪从仙游的意境拉到了现实之中。

“且放白鹿青崖间，须行即骑访名山。安能摧眉折腰事权贵，使我不得开心颜”，从梦境中醒来的诗人，尽管依然有些失落，但是立即又恢复他的浪漫人格，并由此发出了一声不卑不亢的气节感叹，使整首诗篇结束在莫测的变化之中，率性而自然。

诗人运用新奇的表现手法绘制出一幅缤纷玄幻的图。此诗描写的梦游情景，超脱现实，有着十分夸张的描写和奇特的想象。

全诗构思精密，意境雄伟，内容奇谲、多变，笔法横绝纵恣，格调昂扬，形象鲜明。

◎轶闻异物录

天姥山

天姥山位于浙江省绍兴市新昌县境内，属于道家七十二福地之第十六福地——天姥岭，在剡县南，真人魏显仁治之。以唐代诗人李白的《梦游天姥吟留别》而著称。“天姥连天向天横，势拔五岳掩赤城，天台四万八千丈，对此欲倒东南倾。”李白在诗中把天姥山的气势描绘得淋漓尽致。

天姥山得名来自“王母”，是新昌一邑之主山，由拨云尖、细尖、大尖等群山组成，是一片连绵起伏、气势磅礴的群峰。天姥山在现代名不见经传，但在古代知识分子的心目中是一座备受敬仰的高峰。早在唐朝以前，天姥山就已经是中国文人向往的文化名山了。李白、杜甫、白居易等唐代诗人追慕前贤足迹，寻访天姥山并留下了《梦游天姥吟留别》《壮游》等千古绝唱，将天姥山推到了一个崇高的理想境界，天姥山遂成为历代诗人骚客追求精神自由的乐园。

沙丘[①]城下寄杜甫

我来[②]竟[③]何事？高卧[④]沙丘城。

城边有古树，日夕[⑤]连[⑥]秋声[⑦]。

鲁酒不可醉，齐歌空复情[⑧]。

思君若汶水[⑨]，浩荡[⑩]寄南征[⑪]。

◎注释

①沙丘：山东古地名，指唐代兖州治城瑕丘。沙丘城一说位于今山东肥城市汶阳镇东、大汶河南下支流洸河（今名洸府河）分水口对岸。而根据1993年出土于兖州城东南泗河中的北齐沙丘城造像残碑（又名沙丘碑），兖州古地名为沙丘，又名瑕丘，在唐代是鲁西南重要治所，李白应于此居住。由于此重大考古发现，学术界基本上认同兖州即为李白居住的沙丘城。

②来：将来，引申为某一时间以后，这里是指自从你走了以后。

③竟：究竟，终究。

④高卧：高枕而卧，比喻隐居。据《晋书·陶潜传》："尝言夏月虚闲，高卧北窗之下。清风飒至，自谓羲皇上人。"

⑤夕：日落的时候，泛指晚上。

⑥连：连接不断。

⑦秋声：秋风吹动草木的声音。

⑧"鲁酒"二句：语出《庄子·胠箧》："鲁酒薄而邯郸围。"鲁、齐：均指山东一带；空复情：徒有其情。

⑨汶水：鲁地河流名，即今大汶河。其源有三：一发泰山之旁仙台岭，一发莱芜县原山之阳，一发莱芜县寨子村，流经兖州瑕丘县北，西南行，入大野泽。耿元端说汶水在曲阜之北七八十里处向西流，"思君若汶水"只是联想到汶水，不能认为沙丘城就在汶水之旁（参见《百家唐宋诗新话》）。

⑩浩荡：形容水势汹涌壮阔的样子。

⑪南征：一说指代往南而去的杜甫，一说指向南流去的水。

◎译文

我来到这里，也不知究竟还有何事可以做，
每日闲居在寂寞的沙丘城，真是无聊透顶。
沙丘城四周有许许多多不知名的参天古树，
一早一晚间秋风肃起的时候它们沙沙作响。
鲁地的酒淡薄如水，让我无法沉醉于其中，
齐地的歌也是空有情意，不能安卧于歌中。
在这里，我思你念你的情愫如滔滔的汶水，
浩浩荡荡地追随着你，走向遥远的南方去。

◎创作背景

这首诗作于唐玄宗天宝四载（745年），李白时年四十五岁，在东鲁（今山东兖州）家中。李白和杜甫相识在天宝三载（744年）春，当时李白辞官离开长安，在洛阳遇见了已经三十三岁却仍未进入仕途的杜甫，于是二人同游。同年秋，李白、杜甫如约来到了梁齐（今开封、商丘一带），遇高适，三人相会，同游孟诸、齐州等地。第二年夏，李杜两人又在东鲁会面。天宝四载（745年）秋，杜甫西去长安，两人在鲁郡东石门分别。杜甫走后，李白因想念杜甫，写下此诗。

◎赏析

这首诗以第一人称叙述自己的生活、生活环境和心情，抒发了诗人的孤寂感，表达了对友人的思念，也是诗仙、诗圣二人友谊深厚的见证。

“我来竟何事？高卧沙丘城”，开门见山从主观角度抒情叙事。首句以自问的方式引得读者好奇深思。“高卧”体现了诗人闲居生活的枯燥乏味，字里行间饱含苦闷和郁结之情，抒发了与友人分别后的孤独和怅然若失之情。

“城边有古树，日夕连秋声”，转而描绘周围客观景物。诗人居于沙丘城却好似别无所见、别无所闻，眼中仅见城边老树，被秋风吹得瑟瑟作响。其中“连”字精妙，“日夕”“秋声”，都具迟暮之感，连用更强化了诗人此时郁闷惆怅的心绪，与欧阳修的“夜深风竹敲秋韵，万叶千声皆是恨”有异曲同工之妙。以秋风衬凄寂，以景托情，这是景语，也是情语，诗人感思尽发，追怀过往、思念友人。

“鲁酒不可醉，齐歌空复情”，此情此景，酒也不能消愁，歌也不能忘忧。鲁、齐说明当时诗人居住在山东。“不可醉”“空复情”，其实皆因诗人无意于品酒赏歌，美酒、歌声皆索然无味。

“思君若汶水，浩荡寄南征”，诗人寄情于流水，照应主题，点明主旨。杜甫在鲁郡告别李白，欲往位于鲁地西南的长安。而汶水恰恰发源于山东莱芜，西南流向。流水不息、相思不绝，意境的悠远更成就语尽而情长的韵味，体现了诗人散淡而又有深情的人格基调。

这首诗以景带出思念之情，言辞朴素无华，率性而写，或行，或卧，或所见，或所感，絮絮叨叨皆入诗来，情深意长，凄怆感人。且全诗流畅自然，感情虽苦，却不失其豪放本色。

◎轶闻异物录

晚唐五代“苦吟派”

李白有一诗值得注意，即为《戏赠杜甫》：“饭颗山头逢杜甫，顶戴笠子日卓午。借问别来太瘦生，总为从前作诗苦。”有人认为此乃李白嘲讽杜甫之诗，笑话杜甫作不出诗来。但很多学者为李白辩解说，此诗实系赝品，正如任华的赠杜赠李诗一样。对于此诗，洪迈说：“所谓饭颗山之嘲，亦好事者为之耳。”仇兆鳌云：“李杜文章知己，心相推服，断无此语，且诗句庸俗，一望而知为赝作也。”

有一篇关于晚唐五代苦吟派诗人的论文，作者认为其实从中唐开始，诗人就有苦吟的习惯。苦吟代表的是一种谨慎认真的作诗态度，同时也反映了当时一些诗人的审美文化心理和审美追求。

苦吟派的产生是有其深刻的社会因素的，那就是科举制的实行。科举制实行之后，文人从此变得道路难寻，由此产生的愁苦基本上成为当时整个的社会情绪。这种情况从唐代开国始，到中唐基本成型，“苦吟”二字在李白、韩愈、元稹、白居易的一些诗歌中有直接表达，甚至在陈子昂的《南山家园林木交映盛夏五月幽然清凉独坐思远率成十韵》中也出现了“苦吟”二字。“总为从前作诗苦”一句并不是说李白笑话杜甫作不出诗来，而是说他经常为了推敲一些诗中的字句劳力费神，说他“太瘦生”，那也是由于劳累过度导致的，而不是因作不成诗而愁苦成如此瘦状。

送友人

青山横北郭①，白水②绕东城。

此地一③为别，孤蓬④万里征⑤。

浮云游子意⑥，落日故人情。

挥手自兹⑦去，萧萧⑧班马⑨鸣。

◎注释

①郭：古代城有内外之分，内城称为城，外城称为郭。

②白水：清澈见底的水。

③一：助词，加强语气。

④蓬：草名，即蓬蒿。枯后根易折，随风飞旋。这里用“孤蓬”比喻远行的朋友。

⑤征：远行。

⑥浮云游子意：据曹丕《杂诗》：“西北有浮云，亭亭如车盖。惜哉时不遇，适与飘风会。吹我东南行，行行至吴会。”后世用为典，以浮云飘飞无定喻游子四方漂游。

⑦兹：此的意思。

⑧萧萧：马的呻鸣嘶叫声。

⑨班马：离群的马，这里指载人远离的马。班：分别、离别的意思。

◎译文

青山横亘着整个城北，白水缓缓地流过了东城。

我们就要在此分别，相去万里，各自踏上孤旅。

游子就是飘流的浮云，夕阳懂得眷恋我的情义。

此刻挥手离去，耳边回响离群之马的痛苦嘶鸣。

送友人

◎创作背景

这首诗具体创作时间、地点不详。安旗《李白全诗编年注释》认为:“诗题疑为后人妄加……其城别之池当在南阳。”并将此诗创作时间定为唐玄宗开元二十六年(738年)。郁贤皓疑为作于唐玄宗天宝六载(747年),诗人在金陵所作。

◎赏析

这是一首情深意长的送别诗,先写送别地,后写送别情,通过送别环境的刻画、气氛的渲染,表达出依依惜别的意绪。

“青山横北郭,白水绕东城”,点明送别的地点是在城外。这两句对仗工整,写景气势宏远。“青山”对“白水”,一静一动,青白相间,色泽明丽;山水相对,似动若静,构成了一幅风景秀丽又富有动感的图画。“北郭”对“东城”,一郊区,一城市,闹中有静,静中含动,动静结合,意趣丛生。

“此地一为别,孤蓬万里征”,切入主题,写离别的深情。此地一别,友人就会踏上万里征途,像孤蓬一样随风飘转。“孤蓬”二字用得尤为传神,和前句所绘之景形成鲜明对比。不知友人要漂泊到何处,隐含不忍分别之情,也蕴含对友人漂泊生涯的深切关怀。这里的落笔如行云流水,舒畅自然,不拘泥于对仗,别具一格。

“浮云游子意,落日故人情”,紧承上文,描写彼此惜别的心情。“浮云”对“落日”,“游子意”对“故人情”,对仗十分工整。“浮云”象征着友人的踪迹不定,“落日”隐喻着诗人对友人的不舍,诗人巧妙地用“浮云”“落日”作比,对朋友的关切之意自然溢出。这一联既有景,也有情,情景交融,扣人心弦。

“挥手自兹去,萧萧班马鸣”,尾联两句,委婉的惜别之情,更显情意真切。“挥手”是分离时的动作，诗人并未直写内心的感受，只写了“萧萧班马鸣”的动人场景。诗人和友人在马上挥手告别，频频致意。那两匹马仿佛懂得主人的心情，临别时萧萧长鸣，似有无限深情。诗人借马鸣之声表别离之意，将离情别绪衬托得更为深切。

整首诗写得情深意切，境界开朗，对仗工整，自然流畅。诗中青山、流水、红日、白云，相互映衬，色彩璀璨；萧马长鸣，形象活泼，组成了一幅声色俱全的画面；使自然美的画面与人情美的气韵交织在一起，于生动中流动着无限温馨的情意。

◎轶闻异物录

金陵文化

金陵文化，是以今南京为中心，辐射周边地区所形成的文化圈，是中华汉文明的重要组成部分。如今也泛指金陵独特的物质文明和精神文明。因为南京在历史上长期是中国南方政治文教中心，衣冠南渡的中原主流文化与南方文化融合，在此基础上形成金陵文化，其显性特征便是南北交汇、兼容并蓄、开放包容。金陵文化以南京官话与吴语的并存互融为其语言文化特征。在地域上，金陵文化本源具有明显的吴文化特征，吸纳吴越文化的细腻市井；从历史上看，中国三次衣冠南渡使南北方文化交融，金陵文化也吸纳了中原主流文化的粗犷秩序，形成独树一帜的文化区域。

金陵文化主要包括六朝文化、明文化和民国文化，而这三大块历史文化又可统属于“都城文化”。但是主流的都城文化并不排斥其他文化，如盛极一时的秦淮文化，不仅反映了红粉文化、市井风情，而且还包含了民族气节和爱国精神。在秦淮河上，朱自清、俞平伯曾同时泛舟又同时写下了题同内容不同的散文名篇《桨声灯影里的秦淮河》。

闻王昌龄[①]左迁[②]龙标[③]遥有此寄

杨花[④]落尽子规[⑤]啼，闻道龙标[⑥]过五溪[⑦]。

我寄愁心与[⑧]明月，随风[⑨]直到夜郎[⑩]西。

◎注释

① 王昌龄：唐代著名诗人，李白好友，天宝（唐玄宗年号，742 年—756 年）年间被贬为龙标县尉。

② 左迁：即贬谪，降职。古人尊右卑左，因此把降职称为左迁。

③ 龙标：古地名，唐朝置县，今湖南省黔阳县。

④ 杨花：即柳絮。

⑤ 子规：即杜鹃鸟，相传它的啼声哀婉凄切，好像在说“不如归去，不如归去”。

⑥ 龙标：古人常用官职或任官之地的州县名来称呼一个人，所以这里是代指王昌龄。

⑦ 五溪：武溪、巫溪、酉溪、沅溪、辰溪的总称，均在今湖南省西部。

⑧ 与：给。

⑨ 随风：一作“随君”。

⑩ 夜郎：这里指唐代的夜郎县，不是指夜郎国。唐代在今贵州桐梓和湖南沅陵等地设过夜郎县，这里指的是湖南的夜郎县，位于今湖南省芷江县西南，龙标县在其东南。

◎译文

在柳絮纷纷而飞的季节，不时听到杜鹃啼鸣，
听说你被贬谪到遥远的龙标，刚刚路过五溪。
我把自己为你忧愁的心思寄托给天上的明月，
希望它能随着春风一直陪伴着你到夜郎以西。

◎创作背景

这首诗的具体创作时间不详。一说约作于唐玄宗天宝八载(749年),一说约作于唐玄宗天宝十二载(753年)。王昌龄一生屡遭挫折,在开元年间被贬岭南,天宝初年(742年)被贬江宁,天宝六载(747年)秋再贬龙标,而这次被贬的理由竟是因“不护细行”。此时的李白已经离开长安,先后在齐鲁、燕赵、洛阳、淮泗、会稽等地游历。游历到扬州时,李白听到王昌龄被贬的消息,于是写下这首诗。

◎赏析

这首诗是李白为好友王昌龄贬官而作,抒发感愤,寄托慰藉,表达对王昌龄怀才不遇的惋惜与同情之意。

“杨花落尽子规啼”,首句描绘南国的暮春景象,点明了时令。诗人择取了两种具有生命意味的景物“杨花”和“子规”,杨花是漂泊不定的,子规的鸣声是凄切动人的,这两个意象从视觉和听觉两个方面,营造出一种哀伤愁恻的气氛,为全诗的意境奠定了情绪基础。

“闻道龙标过五溪”,这一句直抒其事。“闻”字表露出诗人的惊讶和惋惜之情。“龙标”在这里有两重含义,一是代表王昌龄的被贬之所,二是代指王昌龄。“五溪”在古代地处偏远,当时被看作是荒僻边远的不毛之地,而“过五溪”则表明友人的被贬之地比五溪还要远,诗人在这里没有同情之语,但悲痛之意却溢于言表。

“我寄愁心与明月,随风直到夜郎西”,这二句紧承上文,集中抒写了诗人此时此刻的情怀,是为此诗的“发意”之句。在这里,诗人将抽象的“愁心”具象化,化作“明月”一直伴随友人。“愁心”二字蕴藏着丰富内容,值得细细玩味。诗人为什么满怀愁思?不妨说,这里既有对老友遭遇的深刻同情，也有对当时现实的愤慨不平。既有恳切的思念，也有热忱的关怀。同时“明月”也象征着高洁和光明，意味着诗人坚信友人是清白无辜的，饱含着对友人精神上的支持与慰藉。

这首诗以奇特的想象力编织出一个朦胧的梦境，虽未追叙与好友昔日相聚的情景和友谊，但通过对景物的描写，把友情抒发得真挚感人。诗人用无情生情的方式抒写志同道合的友情，给予抽象的“愁心”以物的属性，本来无知无情的明月，竟变成了一个了解自己、富于同情心的知心人，她能够而且愿意接受自己的要求，将自己对朋友的怀念和同情带到辽远的夜郎之西，送与那不幸的迁谪者。这种将自己的感情赋予客观事物，使之同样具有感情的人格化方式，乃是形象思维所形成的巨大特点和优点之一。

◎轶闻异物录

李白与王昌龄

王昌龄是在巴陵意外遇见的李白，当时李白正在被流放夜郎的途中。他们俩一见如故，在江边的小船上，边泛舟边饮酒，畅谈文坛圈里的交往秘事。临别，王昌龄写了一首《巴陵送李十二》赠予李白：“摇曳巴陵洲渚分，清江传语便风闻。山长不见秋城色，日暮蒹葭空水云。”

李白对王昌龄的友情也念念不忘，后来听说王昌龄被贬为龙标尉，特地写诗寄送，予以安慰，即《闻王昌龄左迁龙标遥有此寄》：“杨花落尽子规啼，闻道龙标过五溪。我寄愁心与明月，随风直到夜郎西。”

王昌龄是盛唐诗坛的璀璨明星之一，以写边塞诗著称。他特别善于捕捉典型的情景，有着高度的概括性和丰富的表现力。其诗既反映了盛唐时代的主旋律，又对边塞风光及边关战场进行细致描写，同时能够捕捉到将士细腻的内心世界。

李白的诗歌意境开阔，语言圆润蕴藉，音调婉转和谐，耐人寻味，在发情、造景、写意等方面均有很高造诣。而王昌龄的宫怨诗可与李白争胜，其诗用意之深、写景之妙、比兴之切、造语之奇，都有独到之处。以悲天悯人的精神抒写那些久闭深宫妃嫔宫人的悲情哀怨，客观上批判了封建社会摧残妇女的罪恶。这种思想倾向奠定了其作品的健康基调，洗尽六朝宫廷诗浮艳色情之污秽，有力地扭转了齐梁歌咏的不良文风。另一方面，就艺术表现而言，王昌龄又发扬了六朝华美艳丽、精雕细琢的表现手法，继承了其形式美。因此，王昌龄被誉为是成功地用七言绝句写宫怨诗的第一人。

宣州[1]谢朓楼[2]饯别校书[3]叔云[4]

弃我去者，昨日之日不可留；

乱我心者，今日之日多烦忧。

长风[5]万里送秋雁，对此可以酣[6]高楼[7]。

蓬莱文章[8]建安骨[9]，中间小谢[10]又清发[11]。

俱怀逸兴[12]壮思[13]飞，欲上青天览[14]明月。

抽刀断水水更流，举杯销愁愁更愁。

人生在世不称意[15]，明朝[16]散发[17]弄扁舟[18]。

◎注释

①宣州：地名，今安徽宣城一带。

②谢朓楼：又称谢公楼或北楼，南齐著名诗人谢朓任宣城太守时所建，位于今安徽省宣城市。

③校书：官名，即校书郎，掌管朝廷的图书整理工作。

④叔云：即李白的叔叔李云。

⑤长风：远风，大风。

⑥酣：畅饮的意思。

⑦高楼：这里指谢朓楼。

⑧蓬莱文章：原指汉代文章，这里借指李云的文章。蓬莱：这里指东汉时藏书之东观。据《后汉书》卷二三《窦融列传》附窦章传："是时学者称东观为老氏藏室，道家蓬莱山。"李贤注："言东观经籍多也。蓬莱，海中神山，为仙府，幽经秘籍并皆在也。"

⑨建安骨：即建安风骨，指刚健遒劲的诗文风格。汉末建安（汉献帝年号，196 年—220 年）年间，"三曹"和"七子"等作家所作之诗风骨遒劲，后人称为"建安风骨"。

⑩小谢：即谢朓，后人将他和谢灵运并称为大谢、小谢。这里是诗人的自喻。

⑪ 清发：指清新秀发的诗风。发：诗文俊逸。

⑫ 俱怀逸兴：两人都怀有超逸豪放的兴致，多指山水游兴，超迈的意兴。

⑬ 壮思：雄心壮志，豪壮的意思。

⑭ 览：通“揽”，摘取的意思。

⑮ 称意：称心如意。

⑯ 明朝：明天。

⑰ 散发：古人束发戴冠，去掉冠簪让头发披下来，表示闲适自在。这里指隐居不仕。

⑱ 弄扁舟：乘小船归隐江湖。扁舟：小舟，小船。

◎译文

弃我而去的时光不可挽留，昨天的日子渐渐离我远去；
扰乱我心思的日子真烦恼，今天的日子充满无限忧伤。
长风吹过万里送来了秋雁，对此可以畅饮酣醉在高楼。
校书您的文章颇具建安风骨，我的诗如谢朓秀朗清发。
我们都是逸兴壮思飞动之人，想上九天摘取一轮明月。
拔刀断水水却更加汹涌奔流，举杯消愁愁情却更深厚。
人生在世无法称心如意，不如明天散开头发驾舟漂流。

◎创作背景

这首诗约作于安史之乱前不久的唐玄宗天宝十二载（753 年）秋，李白来到宣州，客居宣州不久，他的一位叔叔李云至此，很快又要离开，李白陪他登谢朓楼，设宴送行，作下此诗。

◎赏析

这是一首送别诗，却并不直言离别，而是重笔抒发诗人自己怀才不遇的愤懑情绪，灌注了慷慨豪迈的情怀，表达了对黑暗社会的强烈不满和对光明世界的执着追求。

“弃我去者，昨日之日不可留；乱我心者，今日之日多烦忧”，开篇既不写楼，也不叙离别，而是开门见山，直抒郁结。“昨日之日”与“今日之日”，许许多多个弃我而去的“昨日”和接踵而至的“今日”，全是充满烦恼的，令人难熬，表现出诗人忧不胜忧，愁不胜愁，极端愤懑无奈的心境。这里既蕴含了“功业莫从就，岁光屡奔迫”的精神苦闷，也深藏着诗人对污浊的政治现实的感受，是对他长期以来政治遭遇和政治感受的一个艺术概括。忧愤之深广、强烈，正反映出天宝以来朝政的愈趋腐败和诗人个人遭遇的愈趋困窘。理想与现实的尖锐矛盾所引起的强烈精神苦闷，在这里找到了合适的表现形式。诗人采用声调抑扬顿挫、极富节奏感的散文句式构成的对句，恰到好处地表达了内心起伏不平的情绪。开头两句，即为此诗定下了抒情基调。

“长风万里送秋雁，对此可以酣高楼”，这两句突然折转，直接转到了秋高气爽、登楼酣饮的题面上来。“长风万里”展现了一幅壮阔明朗的万里秋空图，令人心旷神怡，也展示出诗人豪迈阔大的胸襟。从极端苦闷忽然转到朗爽壮阔的境界，仿佛变化无端，不可思议。但这正是李白之所以为李白，正因为他素怀远大的理想抱负，又长期为黑暗污浊的环境所压抑，所以时刻都向往着广大的可以自由驰骋的空间。目接“长风万里送秋雁”，不觉精神为之一爽，烦忧为之一扫，感到一种心、境契合的舒畅，“酣饮高楼”的豪情逸兴也就油然而生了。

“蓬莱文章建安骨，中间小谢又清发”，这两句承高楼饯别，高谈阔论诗人与友人的诗文。两位挚友在谢公楼上，当然要谈论谢朓，不止谈谢朓，话题还一直追溯到陈子昂所大力提倡、李白所大力响应的汉魏风骨上。李白赞美李云的文章风格刚健，具有“建安风骨”。下句则以谢朓自指，说自己的诗像谢朓那样，具有清新秀发的风格。李白非常推崇谢朓，这里自比小谢，正流露出对自己才能的自信。这两句自然地照应了题目中的谢朓楼和校书。

“俱怀逸兴壮思飞，欲上青天览明月”，就“酣高楼”进一步渲染双方的意兴，既是对二人的精神状态的描绘，也是对两家诗文审美境界的概括。“俱”字说明彼此都怀有不平凡的兴致，要展翅飞翔，飞上那高空去拥抱明月，可谓壮志凌云，无比高兴，这也是李白诗风的绝妙写照。“欲上”说明这是诗人酒酣兴发时的豪语。豪放与天真，在这里得到了和谐的统一。上天揽月，固然是一时兴致之语，未必有所寓托，但这飞动健举的形象却让读者分明感觉到诗人对高洁理想境界的向往追求。这两句笔酣墨饱，淋漓尽致，把面对“长风万里送秋雁”的境界所激起的昂扬情绪推向最高潮，仿佛现实中一切黑暗污浊都已一扫而光，心头的一切烦忧都已丢到了九霄云外。

“抽刀断水水更流，举杯销愁愁更愁”，诗情到这里又一落千丈，重新回到烦忧上来，呼应开头二句。谢朓楼前就是终年长流的宛溪水，不尽的流水与无穷的烦忧之间本就极易产生联想，以“抽刀断水水更流”来比喻不可断绝的忧愁，化抽象为具体，新颖、奇特而又恰切。尽管内心的苦闷无法排遣，但“抽刀断水”这个细节却生动地显示出诗人力图摆脱精神苦闷，这就和沉溺于苦闷而不能自拔者有明显区别。“举杯销愁愁更愁”，一连串的“愁”，音调流畅，出语天成，简直使人如闻抽刀断水而水流潺潺之音。历代比喻忧愁的诗句众多，却很难有超过此二语的。

“人生在世不称意，明朝散发弄扁舟”，这两句牢骚话，是诗人的无奈之言。诗人的进步理想与黑暗现实的矛盾，在当时历史条件下，是无法解决的，因此，他总是陷于“不称意”的苦闷中，而且只能找到“散发弄扁舟”这样一条摆脱苦闷的出路。这结论当然不免有些消极，甚至包含着逃避现实的成分。但历史条件与诗人所代表的社会阶层，都决定了他不可能找到更好的出路。

这首诗虽极写烦忧苦闷，却并不阴郁低沉，恰恰相反，不但语言明朗朴素，而且音调激越高昂，如歌如诉，其强烈的思想情感起伏涨落，一波三折，如奔腾的江河瞬息万变，波澜迭起，韵味深长，断续无迹，达到了豪放与自然和谐统一的境界。

◎轶闻异物录

谢朓的文学成就

谢朓，字玄晖，陈郡阳夏（今河南太康县）人，南朝萧齐杰出的文学家，曾与沈约等共创“永明体”。今存诗二百余首，多描写自然景物，间亦直抒怀抱，诗风清新秀丽，圆美流转，善于发端，时有佳句；又平仄协调，对偶工整，开启唐代律绝之先河。

谢朓诗风，以清新、清丽、清俊见称，用字细腻而妍丽工巧。部分诗歌模仿谢灵运，如《游山》《游敬亭山》，都是铺排罗列景物。当时沈约主张“四声八病”说，讲求平仄声律，谢朓与沈约友好，受其影响，作诗时特别注重声律。谢朓现存作品中，有三分之一是八句诗，八句中的中间四句，往往由对仗构成，而且平仄工整，与后来的近体诗相近，超越了六朝诗的范围，具备了唐诗风格。

李白对谢朓特别怀念，有认同感和强烈共鸣，在《秋夜板桥浦泛月秋酌怀谢歌》中抒发对谢朓的思慕之情，其闺怨诗《玉阶怨》，即模仿谢朓的同题诗歌。

赠汪伦[1]

李白乘舟将欲行[2]，忽闻岸上踏歌[3]声。

桃花潭[4]水深千尺[5]，不及汪伦送我情。

◎注释

① 汪伦：李白的好友，字文焕，唐开元间任泾县令，卸任后，由于留恋桃花潭，特将其家由黟县迁往泾县，居泾县桃花潭畔。杨齐贤曰：白游泾县桃花潭，村人汪伦常酿美酒以待白。伦之裔孙至今宝其诗。

② 将欲行：一作“欲远行”，将要出发去远方。

③ 踏歌：即唐代民间流行的一种手拉手、两足踏地为节拍的歌舞形式，可以边走边唱。据《通鉴·唐纪》：阎知微为虏踏歌。胡三省注：踏歌者，连手而歌，踏地以为节也。

④ 桃花潭：位于今安徽泾县西南一百里。《一统志》谓其深不可测。

⑤ 深千尺：这里是用来比喻汪伦与李白的友情，是夸张的手法。

◎译文

李白乘船正要离开这里远去的时候，
忽然，我听到岸上传来了踏歌之声。
虽然桃花潭里的水深度可达几千尺，
但无论如何也比不上汪伦送我的情。

◎创作背景

这首诗作于唐玄宗天宝十四载（755 年）。李白从秋浦往游泾县（今属安徽）桃花潭，当地人汪伦常酿美酒款待他，两人便由此结下深厚的友谊。临走时，汪伦又来送行，诗人有感而发写下这首诗。

贈汪倫

◎赏析

这首赠别诗通过记述汪伦为李白送行的举动，表现了诗人内心对友人的感激和不舍之情。

“李白乘舟将欲行，忽闻岸上踏歌声”，描绘了感人的江边送别的场面。首句道出离去者正“欲”“乘舟”，是循水道而去，却以一个“将”字交代了舟泛江中，尚未启程，以素描的形式展示了一幅李白在小船上向岸边人们告别的画卷。此时，一个“忽”字，形神兼具，“踏歌声”自岸上传来，给这幅静谧的画卷加入了声色。只闻其声，不见其人，但人已呼之欲出，诗句含蓄，却表述生动，“人未到而声先闻”，正刻画出汪伦送别李白的不拘俗礼，侧面表现这两位朋友皆是自由豁达之人。为下文的抒情做好铺垫。

“桃花潭水深千尺，不及汪伦送我情”，后两句重在抒情，用有形的千尺潭水比作无形的友谊；以“桃花潭水深千尺”来呼应起句，进一步说明送别地点，进而引出“深千尺”来描绘潭水的特点，又为结句设下伏笔。以千尺水深寓意情深，化无形为有形，自然而情真，充分表现了李白难忘汪伦的深厚情意，是为至情之言。结句以“不及”起笔，用字绝妙，回应前句“深千尺”，汪伦相送之情甚深，却无以言说，必借桃花潭水与之相称，正体现了不尽、曲折之意。

全诗语言清新自然，想象丰富奇特，诗句直白真诚，兼具兴、趣、意、理四格，句意放达，情谊深厚，见情见兴，令世人钦慕。是李白诗流传最广的佳作之一。

汪　伦

关于汪伦的身份，历代出版的《李白集》《唐诗三百首》《全唐诗》注解，都认定汪伦是李白游历泾县时遇到的一个普通村民，这个观点一直延续至今。今人安徽学者汪光泽和李子龙先后研读了泾县《汪氏宗谱》《汪渐公谱》《汪氏续修支谱》，确知“汪伦又名凤林，为唐时知名士”，与李白、王维等人关系很好，经常以诗文往来赠答。开元天宝年间，汪伦为泾县令，李白“往候之，款洽不忍别”（详见《李白学刊》第二辑李子龙《关于汪伦其人》）。按此诗或为汪伦闲居桃花潭时，李白来访所作。李白于天宝十三载（754 年）自广陵、金陵至宣城，则此诗当不早于此前。

另据清代袁枚《随园诗话补遗》记载：唐天宝年间，泾县豪士汪伦听说大诗人李白南下旅居南陵叔父李冰阳家，欣喜万分，写信给李白：“先生好游乎？此地有十里桃花。先生好饮乎？此地有万家酒店。”李白欣然而往。到了泾县，李白问汪伦桃园酒家在什么地方，汪伦回答说：“桃花是潭水的名字，并无桃花。万家是店主人姓万，并没有万家酒店。”引得李白大笑。

李白要走的那天，汪伦送给李白名马八匹、绸缎十捆，派仆人给他送到船上。在家中设宴送别之后，李白登上了停在桃花潭上的小船，船正要离岸，忽然听到一阵歌声。李白回头一看，只见汪伦和许多村民一起在岸上踏步唱歌为自己送行。主人的深情厚谊，古朴的送客形式，使李白十分感动。他立即铺纸研墨，写下此诗给汪伦。这首诗描写朋友之间友情，情真意切，千古动人。诗中汪伦赤足踏歌而行，追赶到桃花潭渡口送别李白的场景，把朋友间那种即将离别难舍难分的赤子情怀，表达得朴实无华，感人肺腑！汪伦也因而名留千古，妇孺皆知。

古朗月行

小时不识月，呼作[①]白玉盘[②]。
又疑[③]瑶台[④]镜，飞在青云端。
仙人垂两足，桂树何团团[⑤]。
白兔[⑥]捣药成，问言[⑦]与谁餐？
蟾蜍[⑧]蚀圆影[⑨]，大明夜已残。
羿[⑩]昔落九乌[⑪]，天人[⑫]清且安。
阴精[⑬]此沦惑[⑭]，去去[⑮]不足观。
忧来其如何？凄怆[⑯]摧心肝。

◎注释

①呼作：称为。

②白玉盘：据应劭《汉官仪》：封禅坛有白玉盘。这里指晶莹剔透的白盘。

③疑：怀疑。

④瑶台：传说中神仙居住的地方。

⑤团团：一作“团圆”，圆圆的样子。

⑥白兔：传说月宫中有一只白兔捣药。

⑦言：语气助词，无实意。

⑧蟾蜍：即蛤蟆，传说月中有三条腿的蟾蜍，因此古诗文常以“蟾蜍”指代月亮。但本诗中蟾蜍则另有所指。据《五经通义》：“月中有兔与蟾蜍。”

⑨圆影：代指月亮。

⑩羿：即后羿，我国古代神话中射落九个太阳的英雄。据《淮南子·本经训》：尧时十日并出，草木皆枯。尧命羿仰射十日，中其九。

⑪乌：传说太阳上有三足乌，这里代指太阳。据《五经通义》：“日

中有三足乌。"

⑫ 天人：天上人间。

⑬ 阴精：代指月亮。据张衡《灵宪》："月者，阴精之宗。"

⑭ 沦惑：沉沦迷惑。

⑮ 去去：远去，越去越远的意思。

⑯ 凄怆：一作"恻怆"，悲伤，悲凉的意思。

◎译文

小的时候不认识月亮，只把它称作白玉盘。
有时怀疑月亮是瑶台仙镜，飞在青云之上。
月中仙人垂着双脚，桂树为什么是圆圆的？
那白兔捣成的仙药，到底又是给谁吃的呢？
是蟾蜍把月啃残缺了，皎洁的月因此晦暗。
后羿当初射下九个太阳，从此人间才安宁。
现在月亮已沉沦迷惑，走开吧没什么可看。
心怀忧虑而不忍走开，悲伤让人肝肠寸断。

◎创作背景

这首诗当作于唐玄宗天宝末年（约755年—756年）安史之乱前。

◎赏析

这是一首乐府诗，李白运用浪漫主义的创作方法，通过丰富的想象，将神话故事加以巧妙地运用，表达了对时政的忧虑之情。

"小时不识月，呼作白玉盘。又疑瑶台镜，飞在青云端"，开头直叙诗人幼年时期对月亮的认知，充满童真幻想。"呼"和"疑"二字的安排，使得孩童的心地纯净、天真烂漫跃然纸上，不仅突出诗人情怀，更勾画了月亮瑰丽神奇的艺术形象。而后对月亮似乎有了新的认知，由白玉盘联想到瑶台镜，由月亮的形升华到月亮的质：仿若明镜，却非明镜，而是瑶台之镜。一系列融入神话元素的想象，体现了李白的浪漫主义情怀。

“仙人垂两足，桂树何团团。白兔捣药成，问言与谁餐”，接着描写月亮上的场景。自古传说，月亮中有仙人、桂树、玉兔。明月初升，仅见仙人的双脚，而后方见仙人与桂树的全貌，甚而可见其间捣药的白兔。诗人运用神话传说，写出了月亮从初升到明朗宛若仙境般的景致。“问言”显现出作为孩童的诗人的童稚之气。通篇如梦似幻，勾画月上风景。

“蟾蜍蚀圆影，大明夜已残”，这里写的是月残昏暗的场景。传说月食之景为蟾蜍食月所致。月亮被蟾蜍啃食而变得晦暗不明，暗合“月有阴晴圆缺”的轮回。

“羿昔落九乌，天人清且安”，引用后羿射日的神话传说。这实际是诗人的慨叹，当年有英雄挺身而出为民除害，为还人间清宁射掉扰乱秩序的九个太阳。行文至此，诗人的创作意图已悄然隐现。可见诗人是针对当时朝政混乱、民心动荡，有感而发。

“阴精此沦惑，去去不足观。忧来其如何？凄怆摧心肝”，末尾四句，诗意由暗渐明。光华如玉盘，好似瑶台镜的月亮既然已晦暗残缺，也就没有什么继续观赏的意义了。表达诗人对唐玄宗晚年沉湎声色，专宠杨贵妃，致使朝政被权奸、宦官、藩镇弄得乌烟瘴气的不满。

这首诗沿用古诗题目，以神话传说为媒，通篇使用隐语，现实与幻境互相涵化，文辞浪漫，如行云流水，意境深远，体现了李白诗歌雄奇奔放、清新俊逸的风格。

汉代新旧乐府诗

乐府，初设于秦，是一个专门管理乐舞演唱教习的机构。前 112 年，正式成立于西汉汉武帝时期。它的职责是采集民间歌谣或文人的诗来配乐，以备朝廷祭祀或宴会时演奏之用。它搜集整理的诗歌，后世就叫“乐府诗”，或简称“乐府”。它是继《诗经》《楚辞》而起的一种新诗体。后来有不入乐的也被称为乐府或拟乐府。

新乐府是指唐人自立新题而作的乐府诗。初唐乐府诗，多袭用乐府旧题，但已有少数另立新题。这类新题乐府，至杜甫而大有发展，“即事名篇，无所依傍”。元结、韦应物、戴叔伦、顾况等也都有新题乐府之作。他们可说是新乐府运动的先驱。安史之乱后，唐王朝走向衰落。至贞元、元和年间，社会危机进一步暴露，一些有识之士对现实有了更清楚的认识，希望革除弊端，中兴王朝。反映在文坛上，便出现了韩愈 、柳宗元倡导的古文运动和白居易、元稹倡导的新乐府运动。元和四年（809 年），李绅首先写了《新题乐府》二十首（今佚）送给元稹。元稹作了《和李校书新题乐府》十二首。后来白居易又作《新乐府》五十首，正式标举“新乐府”的名称。这样，声势浩大的新乐府运动拉开序幕。作为诗歌运动，新乐府的创作并不限于写新题乐府，也有古题乐府。但虽用古题，却能创新意，体现了诗歌革新的方向。新乐府运动的基本宗旨是“文章合为时而著，歌诗合为事而作”。

秋登宣城[1]谢朓北楼[2]

江城[3]如画里，山[4]晚望晴空。

两水[5]夹明镜[6]，双桥[7]落彩虹[8]。

人烟[9]寒橘柚，秋色老梧桐。

谁念北楼上，临风怀谢公[10]？

◎注释

① 宣城：即宣州，地名，今安徽宣城一带。

② 谢朓北楼：又称谢公楼或北楼，南齐著名诗人谢朓任宣城太守时所建，位于今安徽省宣城市。

③ 江城：泛指水边的城，这里特指宣城。在唐代江南地区的方言中，无论大水小水都称为“江”。

④ 山：代指陵阳山。

⑤ 两水：即宛溪、句溪。宛溪上有凤凰桥，句溪上有济川桥。

⑥ 明镜：指拱桥桥洞和它在水中的倒影合成的圆形，像明亮的镜子一样。

⑦ 双桥：指横跨溪水的凤凰桥和济川桥。凤凰桥在城的东南泰和门外，济川桥在城东阳德门外，都是隋文帝开皇年间的建筑。

⑧ 彩虹：指水中桥的倒影。

⑨ 人烟：指炊烟。

⑩ 谢公：即谢朓。

◎译文

宣城像是在画布上看到的那样，美丽无比，
山色渐晚的时候，我登上谢朓楼远眺晴空。
宛溪和句溪如同清澈的明镜，环抱着宣城，
凤凰桥与济川桥倒映在水中如彩虹般璀璨。
村落上空升起了薄薄的寒烟缭绕于橘柚间，

满眼秋色中，梧桐树一天天变得更为枯老。
除了我还有谁会想着要到谢朓北楼这里来，
迎着萧飒的秋风，凭吊着南齐的诗人谢公？

◎创作背景

这首诗创作时间与《宣州谢朓楼饯别校书叔云》相近。李白在长安为权贵所排挤，被“赐金放还”，弃官而去之后，政治上一直处于失意之中，过着飘荡四方的流浪生活。唐玄宗天宝十二载（753年）与天宝十三载（754年）的秋天，李白两度来到宣城，此诗当作于其中一年的中秋节之后。

◎赏析

这首诗描写了李白秋登谢朓北楼所看到的宣城景象，及由此引出的对谢朓的怀念之情。

“江城如画里，山晚望晴空”，首联开门见山，从大处落笔，写登楼远眺，总揽宣城风光。晴空明净，远山如黛，秋日斜晖下的景色更显得美妙如画。这里和谢朓的名句“余霞散成绮，澄江静如练”的意境相仿，但谢诗的视野更为寥廓，景物更加鲜明，意境也就更博大，像是摇镜头拍下的散点透视的山水长卷，而李白的诗句则更像摄影机视点固定的聚焦照，还没完全展开。诗人把他登览时所见景色概括地写了出来，总摄全篇，其目的就是把读者深深吸引住，使之一同进入诗的意境中。

“两水夹明镜，双桥落彩虹。人烟寒橘柚，秋色老梧桐”，中间四句是具体的描写，颔联具体写“江城如画”，颈联具体写“山晚晴空”。这四句诗所塑造的艺术形象，都是从上面的一个“望”字生发出来的，镜头到这里视角就变化了，景物明晰鲜活起来。诗人以“明镜”和“彩虹”做比喻，好似信手拈来，最为传神。两水绕城，所以用“夹”，双桥跨越似彩虹从天而降，所以用“落”，两个有动感的字使水和桥被赋予了灵性。这两句与诗人的诗句“飞流直下三千尺，疑是银河落九天”相似，同样是用比拟的手法来塑造形象，同样用一个“落”字把地下和天上联系起来，两者所表现出来的美虽不一样，想象的丰富奇妙、笔致的活泼空灵，则同样十分高明。接下来两句的写景将气氛转为萧索。毕竟是秋天的傍晚，原野是静寂的，山冈一带的丛林里冒出一缕缕的炊烟，橘柚的深碧，梧桐的微黄，呈现出一片苍寒景色，使诗人感到是秋光渐老的时候了。形容词“寒”和“老”两个字用作动词以状秋肃，准确精妙不可移易，实际上反映出诗人在长安饱受排挤的内心抑郁。

“谁念北楼上，临风怀谢公”，结尾两句点明怀念谢朓之题旨，与首联呼应，从登临到怀古，抒发了对先贤的追慕之情。“谁念”一词表明无人知道、无人理解诗人“临风怀谢公”的心情。这种渺茫的心情，反映了诗人政治上苦闷彷徨的孤独之感；正因为政治上受到压抑，找不到出路，所以寄情山水，尚友古人。诗情在这里达到了极致。

全诗语言清新优美，格调淡雅脱俗，意境苍凉旷远，具有很强的可读性。

◎轶闻异物录

李白赐金放还的原因

关于李白被“赐金放还”一事，历来有许多说法。那么，真正导致李白离去的原因是什么？这里就要谈到一个李白一入长安，隐居终南山时的重要人物——张垍。

李白一入长安时，曾借助老丈人许家的关系去拜访时任宰相的张说，这张说是个热心举贤的人。可不巧的是，当时张说正病着，于是，张说就让他的两个儿子张钧和张垍去接待他。而这张垍是唐玄宗的女婿，也是皇帝宠信的大臣，按说他最有能力举荐李白，但是张垍却没有给他什么善意的帮助。他把李白撂到终南山玉真公主的别馆里晾了起来，使李白错过一次被举荐的机会。而在李白通过自己的努力，千辛万苦地得以二进长安、供奉翰林后，张垍却在唐玄宗面前说了不少李白的坏话。那么张垍为什么专门要给李白“穿小鞋”“下套子”呢？

李白这次是交错了人。身为翰林学士的张垍就是一个嫉贤妒能、卑鄙无耻的小人（在安史之乱，长安陷落时，他不跟唐玄宗西逃，竟然投降了安禄山），李白的才气和桀骜不驯的性格都不为张垍所容。于是，他抓住李白放浪形骸的行为，竭力诽谤李白。而在那些规行矩步的馆阁诸臣眼里，李白掀天揭地的诗文，放荡不羁的做派，自然也是看不顺眼、无法相容的。于是，张垍充当了这幕丑剧的领头者，组织这帮人，编造故事，罗织恶名，以求将李白赶走了事。唐玄宗在这种形势下，顺水推舟就将李白“赐金放还”了。

与史郎中钦[1]听黄鹤楼[2]上吹笛

一为[3]迁客[4]去长沙[5]，西望长安不见家。

黄鹤楼中吹玉笛[6]，江城[7]五月落梅花[8]。

◎注释

① 史郎中钦：一作史郎中饮。郎中：官名，唐代尚书省所属六部各司的长官。钦：应该是史郎中的名，即史钦，其人事迹不详。

② 黄鹤楼：中国著名的古迹，故址在今湖北省武汉市，属于长江下游地带。传说三国时期的费祎于此登仙乘黄鹤而去，故得名黄鹤楼。

③ 一为：一旦成为。

④ 迁客：遭贬迁的官员。这里代指诗人自己。

⑤ 去长沙：指汉代贾谊被贬为长沙王太傅的典故，这里是诗人自比流放夜郎的事。去：前往的意思。

⑥ 玉笛：笛子的美称。

⑦ 江城：即武昌城，今湖北武汉武昌。因其在长江、汉水滨，故称江城。

⑧ 落梅花：汉乐府古曲，即《梅花落》。

◎译文

我竟一下也和贾谊一样，成了被远谪长沙的贬官，
西望长安，一片云雾迷茫，看不到我的家乡在哪。
站在黄鹤楼上，突然听到阵阵《梅花落》的笛声，
声音如怨如诉，仿佛五月的江城落满了凄凉梅花。

◎创作背景

这首诗作于唐肃宗乾元元年（758年），当时李白因永王李璘事件受到牵连，被加以“附逆”的罪名长流夜郎，路经江夏（今武昌）时，老朋友史郎中特意陪他游览了当地名胜黄鹤楼。李白登楼远眺，

无限感慨，作此诗。

郁贤皓、王运熙、华桂金等学者则认为此诗是乾元二年（759年）李白流放夜郎遇赦东归，途经江夏时所作。

◎赏析

这首诗描写诗人游黄鹤楼时听笛的经历，诗人借景抒情，将一腔怀恋故国的情绪和政治上屡遭打击的悲哀交织在一起，虽有悲苦之音，却毫无龌龊寒俭之态，依然是挥斥飘逸，气象昂扬。

“一为迁客去长沙，西望长安不见家”，这两句描写了诗人的生活遭遇和此时的心绪。汉代的贾谊因有革新政治才能而被文帝器重，却因指责时政受到权臣的谗毁，而被贬官长沙。此时的李白也因永王谋逆事件受到牵连，流放夜郎。所以诗人用贾谊自喻，表达了其对无辜受害的愤懑，也含有自我辩白之意。“不见家”的“家”，并非指李白的家室，当时，李白妻子和孩子们都留在今江西一带，并不在长安。诗人是将政治上的归宿称为“家”，政治上的打击并没有使诗人忘怀国事，在流放途中，他依然有对国运的关切和对朝廷的眷恋。“西望”一词传神地表达出诗人怀念帝都之情和“望”而“不见”的愁苦之绪。

“黄鹤楼中吹玉笛，江城五月落梅花”，这两句描写诗人黄鹤楼上听笛声的感受。诗人巧借笛声来渲染愁情。五月的江城，正当初夏，当然是没有梅花的，但由于《梅花落》笛曲吹得非常动听，使诗人仿佛看到了梅花满天飘落的景象，这是由笛声引发的想象之词。梅花是寒冬开放的，景象虽美，却不免给人以凛然生寒的感觉，这正是诗人冷落心情的写照。诗以纷纷飘落的梅花形容笛声悠扬，实际上是将听觉形象转化为视觉形象，采用的是通感的写作手法。诗人巧妙地借用笛曲的乡愁情韵，描绘出与冷落的心境相吻合的苍凉景色，从而有力地烘托了去国怀乡的悲愁情绪。

这首七绝，以“语近情遥、含吐不露”而见长，读者从“吹玉笛”“落梅花”这些眼前景、口头语，仿佛听到了诗人的弦外之音。是一曲借景抒情的妙合之音。

◎轶闻异物录

贾　谊

贾谊（前 200 年—前 168 年），是西汉初年著名政论家、文学家，世称贾生。贾谊少有才名，师从荀况。

汉高帝五年（前 183 年），十八岁的贾谊即以能诵诗书善文闻名于当地，河南郡守吴公将其招致门下，对他非常器重。在贾谊辅佐下，吴公治理河南郡，成绩卓著，社会安定，时评天下第一。

汉文帝登基，听闻河南郡治理有方，擢升河南郡守为廷尉，吴公因势举荐贾谊。汉文帝征召贾谊，委以博士之职，当时贾谊仅二十一岁，在所聘博士中年纪最轻，一年之内便升任为太中大夫。汉文帝二年（前 178 年），针对当时“背本趋末”（弃农经商）、“淫侈之风，日日以长”的现象，贾谊上《论积贮疏》，提出重农抑商的经济政策，主张发展农业生产，加强粮食贮备，预防饥荒。汉文帝采纳了他的建议，下令鼓励农业生产。

汉文帝四年（前 176 年），贾谊被外放为长沙王太傅。三年后汉文帝想念贾谊，将其召回长安，为梁怀王太傅。汉文帝十一年（前 169 年），梁怀王坠马而死，贾谊深自歉疚，抑郁而亡，年仅三十三岁。

司马迁对屈原、贾谊都寄予同情，为二人写了一篇合传，后世因而把贾谊与屈原并称为“屈贾”。

早发[1]白帝城[2]

朝辞白帝彩云间[3]，千里江陵[4]一日还[5]。

两岸猿声啼[6]不住[7]，轻舟已过[8]万重山[9]。

◎注释

①发：出发，启程。

②白帝城：古城名，原名子阳城，在今重庆市奉节县白帝山上。西汉末年割据蜀地的公孙述在此地筑城，其自号白帝，故改名白帝城。

③彩云间：白帝城在白帝山上，地势高耸，从山下江中仰望，仿佛耸入云间。这里是形容白帝城的地势高耸。

④江陵：地名，今湖北省荆州市。

⑤一日还：一天就能到达。

⑥啼：鸣叫。

⑦住：一作“尽”。停止，停息。

⑧轻舟已过：一作“须臾过却”。

⑨万重山：层层叠叠的山，形容许多山。

◎译文

清晨告别白云缭绕气象万千的白帝城，
一日之内就可以到达千里之外的江陵。
一路上，在两岸猿猴不停的啼叫声中，
轻快的小船已越过了一座又一座青山。

◎创作背景

唐肃宗乾元二年（759年），李白五十九岁。这年春天，李白因参与永王幕府事件，被流放夜郎。他沿长江逆流而上，远赴贵州。行至白帝城时，适逢朝廷大赦，诗人惊喜交加，随即乘舟东下江陵。这首诗就作于此时。

◎赏析

这首诗写的是诗人从白帝城到江陵一天之内的行程情况，通过描写水流湍急、舟行若飞的情景，以轻舟瞬息千里的速度衬托诗人意外获赦的狂喜心情。

“朝辞白帝彩云间”，首句点明出发的时间和地点。“彩云间”三字描写出白帝城地势之高，古代行船的速度全在落差，描写白帝城的地势高是为了突出长江中下游间的斜度落差之大，为下文描写下水船走得快这一动态蓄势。同时，“彩云间”也是写早晨的景色，显示了从晦暝转为光明的大好气象，暗示诗人此刻的内心是兴奋的、满怀希望的。

“千里江陵一日还”，交代到达的地点。“千里”和“一日”，将空间的遥远和时间的短暂作悬殊对比，突显水流的迅捷和行舟的快速。“还”是归来的意思，江陵本非诗人的家乡，而“还”字却亲切得如同回乡一样，不仅表现了诗人“一日”而行“千里”的痛快，也隐隐透露出诗人突然遇赦的喜悦之情。

“两岸猿声啼不住”，描写了猴猿长啸的清丽画面。两岸高峰重叠障目，此处猿声连绵不绝，诗人说“啼不住”，是因为他乘坐飞快的轻舟行驶在长江上，使得啼声和山影在耳目之间成为“浑然一片”。身在这如脱弦之箭、顺流直下的船上，诗人感到十分畅快和兴奋。

“轻舟已过万重山”，结尾通过视觉的移位，写出了瞬息已变的腾飞感。“轻”字用得巧妙，用“轻”字修饰舟，一来说明轻舟如箭，二来也是诗人此刻心情的写照。三峡水急滩险，诗人溯流而上时，不仅觉得船重，而且心情更为滞重，如今顺流而下，行船轻如无物，“危乎高哉”的“万重山”一过，轻舟便进入坦途，历尽艰险、进入平坦旅途的快感，也就自然而然地表现出来了。这最后两句，既是写景，又是比兴，既是个人心情的表达，又是人生经验的总结，因物兴感，精妙绝伦。

全诗欢快奔放，给人一种锋棱挺拔、空灵飞动的感觉，将诗人遇赦后愉快的心情与江山的多姿、顺水行舟的畅快融为一体，极尽夸张又浑然天成，字里行间洋溢着诗人如释重负的轻快之感。

◎轶闻异物录

白帝城

白帝城位于重庆奉节县瞿塘峡口的长江北岸，奉节东白帝山上，三峡的著名游览胜地。白帝城是观“夔门天下雄”的最佳地点，历代著名诗人李白、杜甫、白居易、刘禹锡、苏轼、黄庭坚、范成大、陆游等都曾登白帝，游夔门，留下大量诗篇，因此白帝城又有“诗城”的美誉。

白帝城原名子阳城，白帝城的名称最早出现于西汉末年。当王莽篡位时，他手下大将公孙述割据四川，自称蜀王，并在此屯兵积粮。公孙述在天府之国里，势力渐渐膨胀，野心勃勃，有了帝王之心。他骑马来到瞿塘峡口，见地势险要，难攻易守，便扩修城垒，屯兵严防。后来公孙述听说城中有口白鹤井，井中常冒出一股白色的雾气，其形状宛如一条白龙，直冲九霄。公孙述故弄玄虚，说这是“白龙出井”，是他日后必然登基成龙的征兆。于是，他自称白帝（25 年），在此建都，所建城池子阳城取名“白帝城”，此山也改名“白帝山”。

独坐敬亭山[①]

众鸟高飞尽，孤云独去[②]闲[③]。

相看两不厌[④]，只有敬亭山。

◎注释

①敬亭山：又名昭亭、查山，在今安徽宣州城北。据《元和郡县志》记载："在宣城县北十里。山有万松亭、虎窥泉。"《江南通志》卷一六宁国府："敬亭山在府城北十里。府志云：古名昭亭，东临宛、句二水，南俯城闉，烟市风帆，极目如画。"

②独去：独自去。

③闲：形容云彩飘来飘去，悠闲自在的样子。

④两不厌：双方都不厌倦的意思。两：指诗人和敬亭山。

◎译文

天上一群鸟儿高飞远去，很快消失得无影无踪，
广袤的天空中有一片白云，慢慢悠悠越飘越远。
你看着我，我望着你，彼此之间总是看不够的，
只有我眼前这座云漫雾绕巍峨俊秀的敬亭山了。

◎创作背景

关于这首诗的创作时间，有两种主流说法：一说作于唐玄宗天宝十二载（753年），李白秋游宣州时，这时距他被迫于天宝三载离开长安已经有整整十年了。这期间他一直漂泊，长期的漂泊生活，使李白饱尝了人间辛酸滋味，看透了世态炎凉，从而加深了对现实的不满，增添了孤寂之感，然而傲岸倔强的性格仍一如既往。李白因怀才不遇一直抑郁不平，身心的疲惫，需要得到慰藉。这期间，他写了大量借游仙、饮酒的方式排遣苦闷的诗，也写了许多寄情山水、倾诉内心情感的诗篇，《独坐敬亭山》即是其一。

另一说是作于唐肃宗上元二年（761 年）。这时，李白已岁逾花甲，在经历了安史之乱后的漂泊流离，经历了蒙冤被囚禁的牢狱之灾，经历了戴罪流放的屈辱之后，李白第七次、也是最后一次来到宣城时，再也没有昔日友朋如云、迎来送往的场面了，再也没有北楼纵酒、敬亭论诗的潇洒了。他兀自一人步履蹒跚地爬上敬亭山，独坐许久，触景生情，十分伤感，孤独凄凉袭上心头，情不自禁地吟下了《独坐敬亭山》这首千古绝唱。这比较符合李白创作此诗的时空背景。

◎赏析

这首诗借描写独游敬亭山的情趣，暗喻自己的孤独和怀才不遇，表现了诗人目空世俗的傲岸和愤世嫉俗的抗争精神。

“众鸟高飞尽，孤云独去闲”，首二句写独坐敬亭山所见之景。“尽”“闲”两个字用得极其巧妙，“尽”既表示完全消失，又给人一种慢慢消失在天际的感觉；“闲”是以孤云的闲适衬托诗人心境，突出的是闲适的感情。这两个字将读者引入一个“静”的境界，好似在一群山鸟的喧闹声消失之后感到格外的清静，在翻滚的厚云消失之后感到特别的清幽。所以这两句是写动见静，以动衬静；这种静烘托了诗人心灵上的孤独和寂寞，而这种生动形象的写法，给读者以充分的想象，并暗示诗人已在此地游览观望许久，勾画出诗人“独坐”出神的形象，为下文做铺垫。同时这两个字对“独”有意境上的烘托作用，重在突出此刻独坐但情意悠然的心态，很符合诗人的仙道思想。“众鸟”和“孤云”这两个诗歌意象，在这里都成了皈依自然的象征。诗人鄙视世俗，而世俗也鄙视诗人。

“相看两不厌，只有敬亭山”，这两句是独坐的感受，表现出诗人对敬亭山的喜爱。诗人凝视着风光秀丽的敬亭山，而敬亭山也一动不动地凝视着诗人，这让诗人很动情，“相看两不厌”表达了诗人与敬亭山之间的深厚感情。诗人在这里采用了和“举杯邀明月，对影成三人”（李白《月下独酌》）相同的写法，将敬亭山人格化、个性化，力破孤独之感。然而这两句所创造的意境仍然是静的，表面看来，是写诗人与敬亭山相对而视，脉脉含情，实际上，诗人愈是写山的“有情”，愈是表现出人的“无情”；而他那横遭冷遇、寂寞凄凉的处境，也就在这静谧的场面中透露了出来。所以结句的“只有”一词，又将孤单之感托出。归根结底，这是诗人顾影自怜，为自己的孤独而大唱赞歌。

全诗似乎全是景语，无一情语，然而，由于景是情所造，虽句句是景，却句句关情，把诗人奇特的想象力和巧妙的构思，完全展现了出来。这首诗中，诗人赋予山水景物以生命，将敬亭山拟人化，写得生动而传神。

◎轶闻异物录

敬亭山

敬亭山，是中国历史文化名山，是宣城文化魂之所在，原名昭亭山，晋初为避帝讳，改名敬亭山。敬亭山虽不高，但在此丘陵地带拔地而起，远看满目青翠，云漫雾绕，犹如猛虎卧伏；近观林壑幽深，泉水淙淙，显得格外灵秀。

南齐（479 年—502 年）谢朓作《游敬亭山》和唐朝（618 年—907 年）李白作《独坐敬亭山》，诗篇传颂后，敬亭山声名鹊起。

哭宣城[1]善酿[2]纪叟[3]

纪叟黄泉里，还应酿老春[4]。

夜台[5]无晓日，沽[6]酒与何人？

◎注释

①宣城：郡名，在今安徽省。

②善酿：擅长酿酒的意思。

③纪叟：即纪春，宣酒始祖。其祖上曾为朝中高官，因遭奸佞所陷，被逼隐居民间，并以酿酒为业。

④老春：纪叟所酿的酒名。

⑤夜台：指坟墓，因为闭于坟墓，不见光明，所以称为夜台。这里是借指阴间。据《文选》载："送子长夜台。"李周翰注："坟墓一闭，无复见明，故云长夜台，后人称夜台本此。"

⑥沽：卖的意思。

◎译文

纪老啊！如今您已在黄泉里了，

您还应当继续酿制老春美酒吧。

只是那阴间地府里也没有李白，

您老酿制的美酒还能卖给谁呢？

◎创作背景

这首诗作于唐肃宗上元二年（761年），纪叟死后。李白是个重感情的人，一生广交朋友。这首诗凭吊的友人纪叟，是宣城著名的酿酒人，所酿的美酒遐迩闻名。李白一生嗜酒，曾多次游宣城，自然就和他交上了朋友，经常喝他酿造的美酒。纪叟死后，李白很悲痛，所以写了这首诗哭悼他。

◎赏析

这是一首凭吊诗，是诗人为悼念一位善于酿酒的老师傅而写，表达了诗人对老师傅的深厚情谊与深深的怀念之情。

“纪叟黄泉里，还应酿老春”，这两句描述了酿酒老人离开人世的事实和对老人死后生活的想象。黄泉本是人死葬身之所，但是诗人的口气，就好像纪叟是搬家到黄泉一样，既是说他死，似乎又还活着。在黄泉之下，他也应该施展他的拿手绝招，继续酿造香醇的美酒。这看上去是诗人一种荒诞可笑的假想，然而却说得那么认真、悲切，使读者在感情上容易接受，觉得这一奇想是合乎人情的。同时，这也等于说人世间不再有老春酒了，透着深深的惋惜和怀念之情。

“夜台无晓日，沽酒与何人”，这两句更深一层地感叹因阴阳相隔而难以尝到老人的美酒，表达出诗人对纪叟的深深怀念。照这两句诗的含意，似乎纪叟原是专为诗人酿酒而活着的，并且他酿的酒也只有诗人赏识。这句话极无理却极有趣，明明是诗人失去纪叟和老春而遗憾，诗中却说成纪叟和老春失去诗人而遗憾。这种想法似是不合乎情理，但更能表明诗人平时与纪叟感情的深厚，彼此是难得的知音，现在死生分离，诗人感到十分悲痛。这里采用设问句式，更加强烈地表达了诗人的悲切伤感之情。

全诗虽只有寥寥数语，但以朴拙的语言、真挚的情感表现出诗人对酿酒老人的怀念之深，并赋予浪漫主义的色彩加以渲染，把生离死别的悲痛刻画得入木三分，真挚、自然，生动、感人。

◎轶闻异物录

宣　酒

宣酒酿造历史最早可以追溯到唐代，据史书载：大唐天宝年间，宣城盛行烧酿之风，尤以纪叟善酿。诗仙李白七游至敬亭山，皆畅饮纪叟美酒，惊羡称绝，遂赠名曰“纪叟老春”。

晚唐诗人杜牧曾随宣歙观察使沈传师来宣城，以及晚唐韩愈就学宣城时，无不对老春酒情有独钟。更为有趣的是，据考证（更多的是宣城当地老百姓的口头传说），南唐著名人物画家顾闳中的作品《韩熙载夜宴图》，正是取材于韩熙载在宣城生活中的一个场景。韩熙载原是山东北海人，唐末进士，又是一位北方贵族，因战乱南逃，被南唐后主李煜收留了下来，并想任他为相。可身处逆境的韩熙载，为避免在政治上与南唐小朝廷发生冲突，佯装癫狂，每日纵情酒色。他从李白的诗作中得知宣城的老春酒，特地赶到宣城，对老春酒产生了特别浓厚的兴趣，每日只与家人狂喝烂醉。李煜以为韩熙载生活太过放荡，为规劝他为朝廷效力，故命顾闳中作了一幅《韩熙载夜宴图》，想借此来提醒他要节制一点。有人说，没有纪叟的老春酒，也就没有画界的千古绝品《韩熙载夜宴图》。此说有一定的道理。

北宋建隆二年，一次宋太祖赵匡胤偶尔在翻阅前朝诗人李白的诗作时，无意中读到《哭宣城善酿纪叟》一诗，一时好奇心起，竟下旨派人去宣城取老春酒，喝后连声叫好。赵匡胤本喜酒，于是接着一道圣旨，让宣城官府逢年过节，都要送老春酒进宫供御宴用。只是朝中官员认为纪叟以自己的命字给酒命名太过狂妄，遂将酒赐名为“宣酒”。宣酒清澈透明如水晶，注入杯中黏稠挂杯，香气纯净如幽兰，入口醇和，浓郁甘润，回味和余香悠长，具有独特的风格。

善酿纪叟以他的传世名酒而与诗仙李白结缘，他们的故事为后世所津津乐道。纪叟成就了宣酒，而宣酒也令纪叟名垂千古。

大鹏赋

余昔于江陵[1]见天台司马子微[2]，谓余有仙风道骨，可与神游八极[3]之表，因著《大鹏遇希有鸟赋》以自广。此赋已传于世，往往人间见之。悔其少作[4]，未穷宏达之旨，中年弃之。及读《晋书》，睹阮宣子《大鹏赞》，鄙心陋之。遂更记忆，多将[5]旧本不同。今复[6]存手集，岂敢传诸作者？庶可示之子弟而已。其辞曰：

南华老仙[7]，发天机[8]于漆园。吐峥嵘之高论，开浩荡之奇言。徵至怪于齐谐[9]，谈北溟之有鱼。吾不知其几千里，其名曰鲲。化成大鹏，质凝胚浑[10]。脱鬐鬣[11]（qí liè）于海岛，张羽毛于天门。刷渤澥[12]之春流，晞[13]扶桑之朝暾[14]（tūn）。燀赫[15]（chǎn hè）乎宇宙[16]，凭陵[17]乎昆仑。一鼓一舞，烟朦沙昏。五岳[18]为之震荡，百川为之崩奔[19]。

尔乃[20]蹶[21]（guì）厚地，揭[22]太清[23]。亘[24]层霄[25]，突重溟[26]。激三千以崛起，向九万而迅征。背嶪[27]（yè）太山之崔嵬[28]（cuī wéi），翼举长云之纵横。左回右旋，倏阴忽明。历[29]汗漫[30]以夭矫[31]，羾[32]（gòng）阊阖[33]之峥嵘。簸[34]鸿蒙[35]，扇雷霆。斗转而天动，山摇而海倾。怒无所搏，雄无所争。固可想象其势，仿佛其形。

若乃足萦虹蜺[36]，目耀日月，连轩[37]沓拖[38]，挥霍翕忽[39]。

喷气则六合[40]生云，洒毛则千里飞雪。邈彼北荒，将穷南图。运逸翰[41]以傍击，鼓奔飙[42]而长驱。烛龙[43]衔光以照物，列缺[44]施鞭而启途。块视三山，杯观五湖。其动也神应，其行也道俱。任公见之而罢钓，有穷不敢以弯弧。莫不投竿失镞[45]（zú），仰之长吁。

尔其雄姿壮观，坱轧[46]（yǎng zhá）河汉[47]，上摩苍苍，下覆漫漫[48]。盘古开天而直视，羲和倚日以旁叹。缤纷乎八荒[49]之间，掩映乎四海[50]之半。当胸臆之掩昼，若混茫[51]之未判。忽腾覆以回转，则霞廓而雾散。

然后六月一息，至于海湄[52]。欻[53]（xū）翳景[54]以横翥，逆高天而下垂。憩乎泱漭之野，入乎汪湟之池。猛势所射，馀风所吹，溟涨沸渭[55]，岩峦纷披。天吴为之怵栗[56]（chù lì），海若为之躨跜[57]（kuí ní）。巨鳌[58]冠山而却走，长鲸腾海而下驰。缩壳挫鬣[59]（liè），莫之敢窥。吾亦不测其神怪之若此，盖乃造化之所为。

岂比夫蓬莱之黄鹄，夸金衣与菊裳？耻苍梧之玄凤，耀彩质与锦章。既服御于灵仙，久驯扰于池隍[60]。精卫殷勤于衔木，鶢鶋悲愁乎荐觞。天鸡警晓于蟠桃，踆乌晰耀于太阳。不旷荡而纵适，何拘挛[61]而守常？未若兹鹏之逍遥，无厥类乎比方。不矜大而暴猛，每顺时而行藏。参玄根[62]以比寿，饮元气以充肠。戏旸谷[63]而徘徊，冯炎洲而抑扬。

俄而希有鸟见谓之曰："伟哉鹏乎，此之乐也。吾右翼

掩乎西极，左翼蔽乎东荒，跨蹑地络，周旋天纲。以恍惚为巢，以虚无为场。我呼尔游，尔同我翔。”于是乎大鹏许之，欣然相随。此二禽已登于寥廓[64]，而斥鷃之辈空见笑于藩篱[65]。

◎注释

①江陵：唐时江陵郡即荆州。

②司马子微：司马承祯，字子微，隐于天台山。

③八极：八方极远之地。

④少作：年轻时候的作品。

⑤将：此处指“与”。

⑥复：同“腹”。

⑦南华老仙：此处指庄周，即庄子。

⑧天机：天赋灵机，指灵性。

⑨齐谐：人的姓名。

⑩质凝胚浑：意指胚胎浑混，尚未凝结之态。

⑪鬐鬣：鱼、龙的脊鳍。

⑫渤澥：古代称东海的一部分，即渤海。澥：断水。

⑬晞：表示急骤，快速。

⑭朝暾：刚升起的太阳。

⑮燀赫：指显赫。

⑯宇宙：宇：四方上下；宙：往古来今。或谓天地。

⑰凭陵：登临其上，登高。

⑱五岳：一说泰山乃东岳，衡山乃南岳，华山乃西岳，常山乃北岳，嵩山乃中岳。

⑲崩奔：水激其岸，百川沸腾。

⑳尔乃：语气助词，无实义。

㉑蹶：快步走路。

㉒揭：高高飞起。

㉓太清：指元气之清者。

㉔亘：在天空中横飞而过。

㉕霄：接近天上的云气。古人认为天有九重，所以说层霄。

㉖重溟：指海。

㉗ 嶪：高耸的样子。
㉘ 崔嵬：有石头的土山，后也指高山。
㉙ 历：经过。
㉚ 汗漫：指气之本神。
㉛ 夭矫：飞腾的样貌。
㉜ 狃：至、到。
㉝ 阊阖：指升天之门。
㉞ 簸：摇动。
㉟ 鸿蒙：指自然元气。
㊱ 虹蜺：阴阳之精。
㊲ 连轩：飞貌。
㊳ 沓拖：延长貌。
㊴ 挥霍翕忽：并飞走乱急。
㊵ 六合：天地四方。
㊶ 翰：鸟羽。
㊷ 奔飙：疾风。
㊸ 烛龙：不食、不寝、不息，是为烛龙。
㊹ 列缺：天隙电光。
㊺ 镞：春秋后期的一种铜器。
㊻ 块轧：亦作“块圠”，远相映也。此处指漫无边际的样子。
㊼ 河汉：天河。
㊽ 漫漫：阔远无有穷极之意。
㊾ 八荒：八方极远之地。
㊿ 四海：九夷、八狄、七戎、六蛮，谓之四海。
51 混茫:《庄子》曰古之人在混茫之中，混茫即是未分时也。
52 海湄：海畔。
53 欻：忽也。
54 翳景：遮蔽日月的光辉。
55 沸渭：踊跃不定的样子。
56 怵栗：恐惧的样子。
57 蹙跜：盘曲蠕动的样子。
58 巨鳌：大龟。
59 缩壳挫鬣：指玄武缩于壳中。
60 池隍：有水为池，无水为隍。

㉑ 拘挛：拘束。
㉒ 玄根：道之本。
㉓ 旸谷：日出谷而让天下明，所以称旸谷。
㉔ 寥廓：高远空旷，视野宽广的天空。
㉕ 藩篱：篱笆，比喻门户或屏障。

◎译文

我过去在江陵拜会司马承祯时，他说我有仙风道骨，能够和我一起神游八方极远的地方，于是就作《大鹏遇希有鸟赋》以开阔自己的心胸和境界。这篇赋已在人间流传，世人多能看到。但我并不满意自己年轻时写的这篇不甚成熟的作品，因为它没有把那种宏阔旷达的心境真正表现出来，所以中年便丢弃了它。等读到《晋书》，我看到阮宣子写的《大鹏赞》，自认为这篇文章粗浅至极。回想起自己当年写的《大鹏遇希有鸟赋》，觉得它和世间流传的旧版本大有不同。现在存有手稿，哪里敢说是传给大家？我只是想给子弟们看看罢了。这赋如此写道：

庄子任漆园吏时，灵智初启。之后他发表高论，是为旷世奇言。庄子也从齐谐处收集奇异之事，提到北海有一条大鱼，不知道它有几千里长，只知道这大鱼的名字叫鲲。鲲化身成大鹏，它的本体凝结为胚胎，呈浑混之象。后大鹏在海岛脱去脊鳍，在天门舒展羽毛。其迅猛超过春天流向渤海的断水，其急骤胜似东方升起的朝阳。大鹏非常显赫，展翅跃飞高过昆仑山，它每扇动一次翅膀，天地间就烟雾朦胧，沙尘飞扬，日色昏暗。五岳因其震动倒塌，百川因它冲破堤岸。

大鹏自大地阔步起飞，翱翔于澄明天境，直插入万重云霄，穿越过旷远海洋。激荡三千里的波涛腾空而起，向九万里的高空疾飞而去。它那高耸的背脊，仿若巍峨的大山；宽阔的翅膀，仿佛连绵纵横的云脉。大鹏一会儿向左旋转，一会儿向右盘旋，顷刻之间身影尽隐，眨眼之瞬现于蓝空。它以矫健的身姿穿越漫无边际的云境，飞经险峻的高山，直抵天门。大鹏上下俯冲，惊掀大海云气，扇动翅膀，传出震雷声声，所谓令星斗转移，上苍震动。高山摇晃，大海倾翻。大鹏奋发展翅时气势猛烈，没有生灵敢和它搏击；大鹏若是称雄，天地间无物可与之竞争。由此，你便可想象它的形状体量和磅礴气势。

大鹏的爪子周围环绕七彩虹霓，眼睛中闪耀日月光芒，飞舞盘旋，迅疾倏忽。它倾吐口中气脉，四方天地立生云彩；抖动周身羽毛，方圆千里顿现漫天雪花。大鹏从遥远的北方之境飞升，可穷极南方之域。大鹏有时挥动强健的翅膀以侧身倾旋，有时腾跃身姿鼓骤风疾飞。烛龙口衔宝物为它照亮万物，闪电挥舞长鞭为它开路。三山在它看来就是几个土块而已，五湖在它眼中也不过小杯浅水。大鹏一动就有神相应，一飞就有道相从。任公子看见大鹏也要停止垂钓，有穷氏见其亦不敢弯弓放箭。他们只得掷下鱼竿、丢弃箭杆，仰天发出无奈长叹。

至于大鹏勇盛的姿态、雄壮的形象，更是一眼望不到边际，仿佛掩映整个银河。大鹏向上穹盖着苍天，向下覆盖着大地。开天辟地的盘古直愣地望着它不知该如何是好，羲和倚在太阳旁边发出轻轻的叹息。荒远的八方之地都能感受到它盛大的气势，大半个天下都被它遮住了。大鹏的胸脯对着太阳便挡住天色，如同黑夜降临，一片模糊，所有东西一时难以分辨。假若大鹏身体翻飞回转，霞光便立刻普照，云雾登时消散。

每隔六个月，大鹏就到海边休养生息。倏忽转瞬，它高举奋飞时遮蔽日月的光辉，从天而降时巨大的身形向下垂挂。大鹏有时在广大无边的原野上休息，有时进入深广邃暗的湖水。其迅猛的气势喷射之地，大海翻腾奔涌，大鹏展翅的余风吹过之地，高峻的山峦一片散乱。水神天吴看到大鹏惊恐得坐立难安，海神海若畏惧到一动不动。以山作冠帽的巨鳌退避跑开，驰骋在大海的长鲸往下游飞逃。至于其他的生物，有的把头缩进壳中，有的收缩鬣毛，连看都不敢看大鹏一眼。我也没有料想到它能神奇怪异到这种程度，大概是大自然创造之故吧。

大鹏难道要和那个蓬莱岛的黄鹄相比，让人去夸耀它的金衣菊裳？大鹏亦耻于学苍梧山的玄凤，去炫耀自己彩色质地的羽毛和那美丽的斑纹。这些禽鸟，有的在仙境受神仙指派，有的被驯化于护城河的水沟。精卫勤劳地衔着树枝填海，鶢鶋对人们敬献的美酒发出悲鸣。天鸡在蟠桃树上报晓，三足乌在太阳中发出光芒。它们不在旷远无边之地随心所欲地表现性情，何以如此拘泥于常规？它们不像这只大鹏那样悠然自得，自是没有任何东西能和大鹏相比。大鹏从不骄矜自己的尊大而凶狠暴戾，总是顺应时宜调整自己的行止。以自己的寿数来参悟道的根本，饮用天地未分前的混沌之气以充饥。大鹏在太阳的隙谷间游戏，从容安逸地飞行，倚托于南海之中的炎洲，扬扬而自得。

不久，希有鸟看见了大鹏，它对大鹏说："大鹏你真伟大啊，这真是让我高兴的事。我的右翼能覆盖西方极远之地，左翼能遮挡东方荒野之处，跨越广阔疆域的界限，盘桓辽远上天的纲维。以恍惚作巢穴，把虚无当场地。而今唤你同游，请你和我一起飞翔吧。"于是大鹏答应了它的请求，高兴地随它飞去。这两只鸟早已登临辽阔的天空，而斥鷃一类的小鸟，因囿于自己的见识，而徒然对它们发出嘲笑。

◎创作背景

李白早年遇到道人司马承祯，他说李白有仙风道骨。李白受宠若惊，于是写下《大鹏遇希有鸟赋》。很久之后，他觉得此赋不够理想，便记忆旧作，扩充新意，写成这篇《大鹏赋》。

对李白这篇《大鹏赋》的创作时间，历来争议不断。薛仲邕认为此赋创作于唐玄宗开元十年（722 年）之后（见《翰林李太白年谱》)；王琦在《李太白年谱》中说“此赋未详作于何年”；黄锡珪《李太白年谱》认为“此赋于开元十四年(726年)”,且说李白当年“秋间即由蜀中历纳溪、渝州,出三峡,来游楚地,凡经江陵、武陵各处”,并举例说有李白自序“余昔于江陵”为证。詹锳认为此赋修改的时间应该在天宝二年(743年)二月以后，李白入翰林以前(见《李白诗文系年》)。

对于这些争论，本书编者认为：李白这篇赋的首次创作时间大约在开元十年(722年)前后,而修改已经是他四十岁以后的事情,大约在詹锳所说的天宝二年(743年)二月前后。当时李白在唐玄宗面前十分受宠,因唐玄宗信奉道教,李白为此重新写作《大鹏赋》,并亲自撰写“序”，述说自己早年曾遇到道士司马承祯，司马承祯夸赞李白有仙风道骨,李白受宠若惊,于是写下《大鹏遇希有鸟赋》。现在，他觉得《大鹏遇希有鸟赋》不够理想，便根据记忆，把旧作扩充新意，重新写成这篇《大鹏赋》(并序)，创作地点应在唐都长安(今西安市)。

《大鹏赋》是一篇想象瑰丽的奇文,世人读此古赋,总归要和《庄子》中的著名文章《逍遥游》做一番比较。事实上,李白《大鹏赋》中的大鹏,确出于庄子寓言:“南华老仙……谈北溟之有鱼。”或可说，大鹏初生于《逍遥游》，活灵活现于《大鹏赋》。

在《大鹏赋》一文中，大鹏毫无疑问是李白着意刻画的形象，也是李白重新赋予《逍遥游》中诞生的大鹏以生气。李白要将大鹏的寿相追溯至宇宙初开之时，即：“……化成大鹏，质凝胚浑。”李白赋予大鹏极高的灵性,体现出他向来推崇“与天地宇宙同息同生”的道家思想。

◎赏析

这首赋作，是李白真实的心理描写，李白以大鹏自况，抒发了自少年时代起就一直缠绕在他心头的远大抱负，渴望着自己能够摆脱现实的羁绊、自由自在地去追求他的理想生活。

“余昔于江陵”至“庶可示之子弟而已”,这部分是“序”,李白简介自己创作《大鹏遇希有鸟赋》的情况，以及在原赋基础上重新创作《大鹏赋》的原因是“悔其少作，未穷宏达之旨”。表现出李白对自己的创作要求越来越高，不断地追求作品的艺术魅力。

“南华老仙”至“百川为之崩奔”，开篇点明“大鹏”的出处来自《庄子》,“鹏”是由“鲲”重新凝结成为浑混的胚胎，在海岛上脱去脊鳍，在天门张开羽毛而成，这是作者运用他奇特的想象力,重新塑造了“大鹏”的身世和形象。“南华老仙”至“张羽毛于天门”,是运用“传奇”的手法,给“大鹏”的身世披上一层神秘的面纱，带有中国古典神话故事的艺术色彩和创作技巧。从“刷渤澥之春流”到“百川为之崩奔”,这是李白笔下的“新大鹏”形象，他把大鹏置于浩渺的天宇背景中，塑造其巨大威猛，超凡脱俗，无所拘束，自由自在地遨游于天地之间的形象，是为了表达自己的远大理想和终生的抱负。“渤澥”与“扶桑”,“宇宙”与“昆仑”,“五岳”对“百川”等一连串对偶句的使用,把“大鹏”形象极其夸张、极其逼真地描绘了出来，由此可以说：大鹏的形象，是在庄子的文章中诞生的,但是,却是在李白的赋中完成的。“大鹏”被塑造成了一个壮志凌云、搏击万里的宏大形象，终于完成了李白自少年时代起就有的梦想，使他“未穷宏达之旨”的遗憾圆满地画上了句号。

“尔乃蹶厚地”至“仿佛其形”，极尽夸张的手法，描写大鹏在大地上迅猛奔跑,在天空中穿云越海自由飞翔的形象。“亘层霄，突重溟。激三千以崛起，向九万而迅征”，描写大鹏在海上横飞时，震动一下翅膀就能够激荡起三千里的波涛，然后它再次突然转身的时候，就腾空而起，飞向九万里的高空，它疾飞的速度比闪电都快。“背業太山之崔嵬，翼举长云之纵横”，形容大鹏高耸的背脊就像巍峨的大山，它只要扇动一下翅膀就能够在天空中形成像连绵不绝、纵横交织的云层，把整个天空都给遮蔽起来。“左回右旋，倏阴忽明。历汗漫以夭矫，羾阊阖之峥嵘”，描写大鹏在天空中一会向左旋转，一会向右飞旋，顷刻间它的身影就消失得无影无踪，眨眼间它又会像神异的灵鸟出现在天上。它矫健的身姿穿越广袤无垠的天空，在漫无边际的朵朵云丛中穿行，飞越了陡峭险峻的高山，倏忽间就到达了天门。“簸鸿蒙，扇雷霆。斗转而天动，山摇而海倾。怒无所搏，雄无所争”，描写大鹏扇动翅膀在大海上空俯冲时，能够把海面搅起巨大的旋风和乌云，那翅膀的声音和着风声，就像轰隆隆的雷声震天响，那云气摇动着，使整个天空中的星斗都在转移和震动，整个的天上、地上都在震动，高山也摇晃了起来，而大海更是怒吼着倾翻着。只要大鹏发怒了，天上地下就没有什么敢和它搏击的；大鹏要雄霸一方时，没有什么力量能够和它竞争。“固可想象其势，仿佛其形”，诗人把大鹏的气势和形态留给读者自己去想象，结束了他的天马行空的夸张和想象。这些句式一气呵成，把人的思维带到了一个前所未有的想象空间，为读者描绘出了一个在广袤的天地间自由翱翔的大鹏，其实，也是诗人自己所希望的一个广阔的发展空间，供他自由的飞翔。

“若乃足萦虹蜺”至“仰之长吁”，具体描写大鹏的形象，从它的爪子到它的眼睛、从它的气息到它的羽毛，都是一个庞然大物，而且，它一动就会有神相应，它一飞就会有道相从。就连任公子看见它也停止了垂钓，有穷氏更不敢弯弓放箭，他们丢下鱼竿、放弃箭弓，仰天看着大鹏而发出无奈的长叹，进一步神话大鹏，讲述大鹏在四海八荒称霸称雄的神话故事。

“尔其雄姿壮观”至“则霞廓而雾散”，诗人继续用他伟大的想象，描写大鹏在开天的盘古面前和一众神话故事中的人物那里的表现，极尽夸张的能事，来表现自己的瑰丽想象力和语言的驾驭能力。

“然后六月一息”至“盖乃造化之所为”，为了更加形象地描绘出大鹏的神奇魅力，诗人又编造了一个新的故事情节，说大鹏每过六个月的时间就到海边歇息一次，而大鹏每一次的降临都会搅得天崩地裂、神鬼不宁。诗人在这里通过描写其他神物的庞大和恐惧之态，烘托出大鹏的所向无敌之威猛。而且，诗人居然在这段文字的最后来一句：“我也没有料想到它的神奇怪异能达到这样的程度，这大约就是大自然的神力所创造出来的吧。”

“岂比夫蓬莱之黄鹄”至“冯炎洲而抑扬”，这一节诗人又开启他浪漫主义的神奇思想，用蓬莱岛上的黄鹄、苍梧山上的凤凰、精卫、鶢鶋、天鸡、三足乌们不能在无边无垠的大地和宇宙中随心所欲地展现自己的性格，它们无法像大鹏那样过着优哉游哉的生活，来反衬大鹏的自由和惬意，更为离奇的是：诗人把大鹏描绘成一个有胸怀、有涵养、高品质、高姿态的神物，说天地间没有任何东西能够和大鹏相比，大鹏也从不骄矜尊大，更不凶狠暴戾，每每顺应时宜，调整自己的行止，领悟道的根本，饮用天地未分前的混沌之气充饥，总之，大鹏就是应该完美的人物化身，也是诗人理想中的自己，体现出诗人希望摆脱现实的羁绊，追求自由和梦想中生活。

“俄而希有鸟见谓之曰”至“空见笑于藩篱”，最后，诗人居然给大鹏找来了一个志趣相投的神鸟——希有鸟，并且通过希有鸟的口，说出诗人的内心独白：我右边的翅膀能覆盖到遥远之地，我的左翼能遮挡住东方极远的地域；我能够跨越疆域界限，盘桓在上苍的多维空间；我以恍惚作为巢穴，用虚无当成场地，我呼唤你和我一起遨游太空，你和我一起飞翔吧。在诗人的眼中，斥鷃之类的小鸟，就是一群井底之蛙，由于他们目光短浅，囿于自己的见识，只能徒然地感叹和嘲笑大鹏和希有鸟。归根结底，诗人创作大鹏这个形象，正是他个性和人格的生动再现，也是其精神追求和理想的形象化身。

全赋语言闳丽而细腻，句式自由而畅朗，想象奇异而有形，其势如大江东去、一泻千里，变化万千、磅礴俊美，是李白超越现实主义的羁绊，创作出的辽远壮阔的精神图腾，展现出一种豪放飘逸的艺术之美，是浪漫主义创作手法运用中的杰作，自此，“大鹏”的形象彪炳于中国文学史册。从这首《大鹏赋》中，我们可以看到李白继承并发展了庄子的美学思想，在崇尚自然的壮阔和纯美的同时，又有其对自由的无限追求。但是，对比庄子和李白写大鹏形象的目的，以及他们塑造大鹏形象的内容都有许多差别：庄子写大鹏的目的，是说其与小小的斥鷃本无高下之分，庄子也未用大鹏自喻；但是，李白则不然，他是以大鹏自比，寄托自己的远大志向。李白的《大鹏赋》既继承了庄子、屈原的浪漫主义手法，又形成了自己的独特的艺术风格。

◎轶闻异物录

竹溪六逸

开元二十五年，李白移家东鲁，与山东名士孔巢父、韩准、裴政、张叔明、陶沔在泰安府徂徕山下的竹溪隐居，世人皆称他们为“竹溪六逸”。他们在此纵酒酣歌，啸傲泉石，举杯邀月，诗思骀荡，后来李白《送韩准裴政孔巢父还山》一诗中曾有“昨宵梦里还，云弄竹溪月”

之句，便是对这段隐居生活的深情回忆。

六逸同隐的竹溪，位于徂徕山西南麓的乳山脚下，金代明昌年间泰安人安升卿在徂徕题刻中有“访竹溪六逸于乳山”之语。这里峰峦突起，一川萦回，林木绵蒙，凤尾森森。山前有一竹岩，石纹如深雕竹叶片片。攀上竹岩，可见到安升卿所书“竹溪佳境”四个大字，自此沿溪而行，但见溪水淙淙，逶迤西注，芳草葳蕤，杂树生花。这里便是六逸堂故址所在。“迄今人去已千载，流风余韵犹宛然”。而今的竹溪，虽已无复唐代碧玉千竿的胜境，但清流依旧，山月无恙，犹使人时时追怀太白诗仙的遗韵。

世人仰慕他们，尽管总是觉得有些狂妄而不可狎近。他们有着隐士与逸民的心理特征，性之所至，高风绝尘。他们寄情于山水林泉，桀骜不驯，放旷不羁，柴门蓬户，兰蕙参差，妙辩玄宗，尤精庄老，那是一种悠然自在的文化态度，更是一种理想而浪漫的生存方式。

李白大事记

1. 周武则天长安元年（701 年），一岁，生于唐剑南道绵州（巴西郡）昌隆（后避玄宗讳改为昌明）青莲乡。祖籍为甘肃天水。其家世、家族皆不详。《新唐书》记载，李白是兴圣皇帝（凉武昭王李暠）九世孙，也有说其祖是李建成或李元吉。

2. 周武则天神龙元年（705 年），五岁，发蒙读书。

3. 唐玄宗开元三年（715 年），十五岁，已有诗赋多首，开始从事社会干谒活动，接受道家思想的影响，好剑术，喜任侠。

4. 唐玄宗开元六年（718 年），十八岁。隐居戴天大匡山（在今四川省江油县内）读书。先后出游江油、剑阁、梓州（州治在今四川省境内）等地，增长阅历见识。

5. 唐玄宗开元十二年（724 年），二十四岁，离故乡远游。再游成都、峨眉山，然后舟行东下至渝州（今重庆市）。

6. 唐玄宗开元十三年（725 年），二十五岁，出蜀，“仗剑去国，辞亲远游”。

7. 唐玄宗开元十四年（726 年），二十六岁，春往扬州（今江苏省扬州市）。秋，病卧扬州。冬，离扬州北游汝州（今河南省临汝县），至安陆（今湖北省安陆县）。途经陈州与李邕相识，结识孟浩然。

8. 唐玄宗开元十五年（727 年），二十七岁，是年诏令“民间有文武之高才者，可到朝廷自荐”。秋，全国六十三州水灾，十七州霜旱。居于安陆寿山，与故宰相许圉师之孙女结婚，在安陆安家。

9. 唐玄宗开元十六年（728 年），二十八岁。早春，出游江夏（今湖北省武汉市），与孟浩然相会于此。

10. 唐玄宗开元十七年（729 年），二十九岁，回到安陆。

11. 唐玄宗开元十八年（730 年），三十岁，春在安陆。多次谒见本州裴长史，因遭人谗谤，上书自白，被拒。初夏，往长安，谒宰相张说，结识其子张垍。寓居在终南山玉真公主（玄宗御妹）的别馆。又曾谒见其他王公大臣，均无果。暮秋游邠州（位于长安西）。冬游坊州（位于长安北）。

12. 唐玄宗开元十九年（731 年），三十一岁，穷愁潦倒在长安，自暴自弃，与长安市井之徒交往。初夏，离长安，经开封（今河南省开封市），到宋城（今河南省商丘县）。秋到五岳之一的中岳嵩山（为河南省登封县的名山），恋故友元丹丘的山居所在，产生隐居之意。暮秋，滞留洛阳。

13. 唐玄宗开元二十年（732 年），三十二岁，自春历夏在洛阳与元演、崔成甫结识。秋，自洛阳返安陆，途经南阳（今河南省南阳市），结识崔宗之。冬，元演自洛阳到安陆相访，二人同游随州（今湖北省随县）。岁末，归家安陆，构石室于安陆白兆山桃花岩，第二年春，开山田，日以耕种、读书为生活。

14. 唐玄宗开元二十二年（734 年）正月，三十四岁，为唐玄宗献《明堂赋》，盛赞开元盛世的雄伟气象。由于家庭的缘故，李白不能应常举和制举以入仕途，只能走献赋之路，这是其献赋谋仕的原因。

15. 唐玄宗开元二十三年（735 年），三十五岁，玄宗西游狩猎，李白乘机献上《大猎赋》，希望能博得玄宗赏识。《大猎赋》夸耀本朝远胜汉朝，并在结尾处宣讲道教的玄理，以契合玄宗当时崇尚道教的心理。是年，李白进长安结识卫尉张卿，并通过张卿向玉真公主献诗，由此，接近统治阶级上层。在紫极宫遇见贺知章，立刻上前拜见，并呈上袖中的诗本。贺知章颇为欣赏《蜀道难》和《乌栖曲》，其诗歌的风采令贺知章惊异，称他为“谪仙人”。两年后，李白发出“行路难，归去来”的感叹，离开长安。

16. 唐玄宗开元二十五年（737 年）夏，三十七岁，初入长安受挫后，李白携妻带子，告别白兆山，开始了一段新的人生旅程，辗转月余到达东鲁（今山东兖州、济宁一带），投奔一个在任城当县令的远房叔父。同时，李白慕名裴旻的剑术，此时，裴将军在丁忧期中，闲居在东鲁。

17. 唐玄宗天宝元年（公元 742 年），四十二岁，由玉真公主和贺知章推荐，玄宗看到了李白的诗赋，召其进宫。李白进宫朝见那天，玄宗降辇步迎，“以七宝床赐食于前，亲手调羹”。玄宗问一些当世事务，李白对答如流。玄宗大为赞赏，随即令李白供奉翰林，专业为玄宗写诗文娱乐，陪侍在玄宗左右。玄宗每有宴请或郊游，必命李白赋诗纪实。李白受玄宗宠信，有人因此而嫉恨。

18. 唐玄宗天宝二年（743 年），四十三岁，诏翰林院。初春，玄宗于宫中行乐，李白奉诏作《宫中行乐词》，赐宫锦袍。暮春，兴庆池牡丹盛开，玄宗与杨玉环同赏，李白又奉诏作《清平调》。此时，李白对御用文人的生活日渐厌倦，开始纵酒，玄宗呼之不朝，起草诏书时也是喝得醉醺醺的，让高力士给他脱靴子，宫中人都开始恨他，唐玄宗开始疏远李白。

19. 唐玄宗天宝三载（744 年）夏，四十四岁，到东都洛阳，遇杜甫。杜甫风华正茂，却困守洛城。李白比杜甫年长十一岁，两人以平等身份，建立深厚的友情。同年秋，两人如约到了梁宋，在此抒怀遣兴，借古评今。在这里他们遇到了诗人高适，高适此时也没禄位，三人畅游甚欢，品文论诗，纵谈天下大势，都为国家的隐患而担忧。此次两人在创作上的切磋对李白今后的诗歌创作产生了积极的影响。秋冬季，李杜又一次分手。李白到齐州（今山东济南一带）紫极宫，请道士高天师如贵授道箓，从此正式履行了入道教仪式，成为道士。其后李白又赴德州安陵县，遇见这一带善写符箓的盖还，请其为他造了真箓。此次的求仙访道，李白得到了完满的结果。

20. 唐玄宗天宝四载（745 年）秋，李白与杜甫在东鲁第三次会见。一年多两次相约，三次会见，知交之情不断加深，一道寻访隐士高人，去济州拜访当时驰名天下的文章家、书法家李邕。秋末冬初，李杜两人在鲁郡东石门分手告别。

21. 唐玄宗天宝十四载（755 年），五十五岁，安史之乱爆发，李白与妻子宗氏一道南下避难。春在当涂。旋闻洛阳失陷，自当涂返宣城，避难剡中（今浙江省嵊州）。后至溧阳（今江苏省溧阳市），与张旭相遇。夏至越中。闻郭子仪、李光弼在河北大胜，又返金陵。秋，听闻唐玄宗奔蜀，沿长江西上，入庐山屏风叠隐居。

22. 唐肃宗至德二年（757 年），五十七岁，正月，在永王军营，作组诗《永王东巡歌》，抒发了建功报国情怀。永王擅自引兵东巡，导致征剿，兵败。李白在浔阳入狱，被宋若思、崔涣营救。成为宋若思的幕僚，为宋写些文表，并随宋到武昌。在宋若思幕中很受重视。但终以参加永王东巡而被判罪长流放夜郎（今贵州桐梓）。

23. 唐肃宗乾元元年（758 年），五十八岁，十二月，自浔阳出发，开始长流夜郎，妻弟宗嬿相送。春末夏初，经西塞驿（今武昌县东），至江夏，访李邕故居，登黄鹤楼，眺望鹦鹉洲。秋至江陵，冬入三峡。

24. 唐肃宗乾元二年（759 年），五十九岁，朝廷因关中遭遇大旱，宣布大赦，规定死者从流，流以下完全赦免。李白终获自由，随即顺着长江疾驶而下，作《早发白帝城》表达心情。老友良宰正在江夏做太守，李白逗留于江夏。不久后应友人之邀，再次与被谪贬的贾至泛舟赏月于洞庭上。不久回宣城、金陵旧游之地。两年内，往来于两地间，依靠朋友接济而生活。

25. 上元二年 (761 年)，六十一岁，因病返回金陵。在金陵，李白的生活相当窘迫，不得已投奔在当涂做县令的族叔李阳冰。

26. 唐代宗宝应元年 (762 年)，六十一岁，病重，在病榻上把手稿交给李阳冰，赋《临终歌》而与世长辞。《临终歌》，诗发之于声，是李白长歌当哭形之于文的自撰式墓志铭，兼寓李白自悼、自伤、自信之情，化融多个典故，形象鲜明，想象丰富，含不尽之意于言外。

间，依靠朋友接济而生活。

25. 上元二年 (761 年)，六十一岁，因病返回金陵。在金陵，李白的生活相当窘迫，不得已投奔在当涂做县令的族叔李阳冰。

26. 唐代宗宝应元年 (762 年)，六十一岁，病重，在病榻上把手稿交给李阳冰，赋《临终歌》而与世长辞。《临终歌》，诗发之于声，是李白长歌当哭形之于文的自撰式墓志铭，兼寓李白自悼、自伤、自信之情，化融多个典故，形象鲜明，想象丰富，含不尽之意于言外。